Vanessa Krypczyk

Du darfst nicht lesen

PROOF Verlag Erfurt

2. Auflage
Erscheinungsjahr 2022

Autorin: Vanessa Krypczyk
Cover, Layout & Satz: Loreen Scheit
Druck: PROOF Druck- und Medienproduktion

ISBN: 978-3-949178-01-6

Weitere Informationen unter:
www.proof-ef.de

Vanessa Krypczyk

Du darfst nicht lesen

Kurzgeschichten

PROOF Verlag Erfurt

Für Mama

Bilder der Vergangenheit

Es war eine dieser Nächte, in denen man Musik hören konnte. Es war nicht so, dass irgendwo auf der Welt jemand ein Instrument spielte. Nein, die Musik herrschte im Inneren und konnte nur von wenigen gehört werden. Und in dieser eiskalten Winternacht hörte die Frau diese Musik. Das Instrument war ein Klavier. Ein trauriges Klavier.
In der Dunkelheit spielte das einsame Klavier. Seine Töne erklangen leise und waren nur schwach zu hören in jener Nacht. Das Klavier erzählte eine vergangene Geschichte, der kaum jemand zuhörte.
Sie lauschte der Musik, hörte die langsamen Töne und konnte förmlich vor sich sehen, wie ein Pianist auf die Tasten drückte und seinem Instrument diese beklemmende Musik entlockte. Sie war sich nicht sicher, ob sie sich die Musik nur einbildete oder ob diese wirklich existierte. Aber das spielte keine Rolle. Das Klavier weckte Bilder in ihr, die sie über die Jahre verdrängt hatte.
Eiskalter, aufgebrachter Wind zerschnitt die Luft und wirbelte ihre Haare durcheinander. Doch das merkte sie gar nicht. Die Kälte, die durch ihre dünne Kleidung drang, war unwichtig.

Alles was sie mitbekam, war das Klavier und sie verlor sich darin.
Es klatschte, als die Stange des Bootsmannes in das eisige Meereswasser eindrang und es teilte. Sie waren da. Der Bootsmann sollte nicht einmal dazu kommen, sich auf den zugefrorenen Steg zu begeben, um das Boot zu vertäuen, da war sie bereits ausgestiegen.
Mit langsamen, fast bedächtigen Schritten näherte sie sich dem Festland. Dunkles Wasser brach sich an den alten Holzpfeilern des Stegs, doch sie bemerkte nichts davon. Sie hörte nur die Musik und sah nur die alten Bilder in ihrer Erinnerung. Die Musik schien ihre Gedanken, ihr ganzes Sein einzunehmen. Sie hüllte sie ein und trug sie fort in eine andere Zeit.
Es knirschte, als sie einen Fuß auf den mit Steinen, Kies und Unkraut bedeckten Weg setzte. Lange war es her, dass sie zuletzt hier gewesen war und doch erschien es ihr wie gestern. Nur das traurige Stück des Klavieres hatte es damals noch nicht gegeben.
Und dann sah sie es. Nur zwanzig Schritte entfernt.
Das Gebäude ragte zwei Stockwerke auf und sah noch so aus wie früher, wenn man von den eingeworfenen Fensterscheiben absah.

Leblose, stumme Augen beobachteten sie durch das zersplitterte Glas.
Wie in Trance näherte sie sich dem Gebäude und blieb erst vor dem hohen mächtigen Portal stehen.
Sie erinnerte sich an alles. Das dunkle Holz, mit seinen Verzierungen und dem Segensspruch, der von alter Hand hinein geritzt worden war. Ihr kam es vor, als wäre es erst gestern gewesen, als sie zum letzten Mal durch dieses Tor ging.
Jetzt hing es schief in den Angeln und jemand hatte in blinder Wut den Segenswunsch und die Verzierungen mit einem spitzen Gegenstand herausgekratzt. Sie griff nach der Klinke. Ihre schlanken, alten Finger umschlossen das ihr einst so vertraute, jetzt vom Schnee eiskalte, Metall.
Dann öffnete sie die Tür.
Dunkelheit, Kälte und Staub schlugen ihr entgegen. Sie war zurück.

Die Halle war groß, grau und vor allem eines: leer. Die Frau setzte vorsichtig einen Fuß hinein und wirbelte dabei den schon viele Jahre alten Staub auf. Im Schein des silbernen Mondes, der sich einen Weg durch ein gesplittertes

Fenster bahnte, begannen die Staubkörnchen vor ihren Augen zu tanzen.
Sie tanzten einen wilden, uralten Tanz zu einem traurigen Klavier. Vielleicht war es eine Frau, ein Mann oder sogar beides, die dort tanzten. Sie lachten und freuten sich, nichts ahnend von der Katastrophe.

Unbemerkt hatte sie in der Dunkelheit des Gebäudes zu weinen begonnen. Sie durchquerte die Halle, streifte mit ihren nackten, bloßen Händen die steinernen, kalten Säulen und atmete den staubigen, leeren und doch so vertrauten Geruch dieses Ortes ein.
Im Schatten der Säulen sah sie den alten Tisch aus weißem kaltem Stein. Ehrfürchtig blieb sie davor stehen und fragte sich, was ihn die Zerstörungswut und die Zeit überleben ließ.
Ahnten die Staubkörnchen, dass dieser etwas besonders war? Vielleicht. Sie glitten zu Boden und blieben reglos im silbernen, sanften Licht des Mondes liegen. Sie warteten.
Die Frau verneigte sich langsam, voller Ehrfurcht. Dann richtete sie sich auf und straffte die Schultern, aber trotzdem wirkte es, als würde sie gleich in sich zusammensinken. Sie zog

eine vertrocknete, alte Blume aus ihrem Haar und legte sie auf den kalten Stein.

Auf Wiedersehen.

Dann drehte sie sich ruckartig um, viel zu schnell und ihre Füße wirbelten den Staub vom Boden auf, aber dieses Mal hatte sie keinen Blick für die alten, wahren Geschichten, die erzählt wurden.
Ihr Blick war verschwommen, nicht mehr aufnahmefähig.
Sie stürzte aus der Halle in den Schnee, stolperte und beißende Kälte fraß sich in ihre Knie. Es war ihre Strafe, dass sie diesen Ort wieder besuchen musste. Sie hatte es nicht anders verdient.
Über ihr Gesicht liefen eisige Tränen, die ihr schon fast auf den kalten Wangen gefroren.
Es waren die Tränen eines Engels, der nicht helfen konnte.

Liebe

Er strich über die alten Buchseiten und seufzte schwer. So oft hatten sie zusammengesessen, hatten zusammen gelacht und gelitten. Wie schön und schmerzhaft das jedes Mal war.
Aber immer, wenn er das alte, etwas vergilbte und schon viel gelesene Buch wieder schloss, war er allein. Dann kamen die Einsamkeit und die Stille wieder, die ihm zeigten, dass sich außer ihm niemand mehr in dem großen Haus befand.
Nachdenklich sah er sich in dem kleinen Lesezimmer um, das in das warme Licht der Lampe getaucht wurde. Er saß in seinem Sessel aus rotem verblichenem Stoff und nahm die sich langsam ausbreitende nächtliche Dunkelheit in den Ecken des Zimmers wahr. Wie schon unzählige Male zuvor saß er hier und blätterte auf die erste Seite des Buches. Dann lehnte er sich zurück und sah auf die schwarzen verschnörkelten Buchstaben, die die Seiten füllten.
Sie waren wieder zusammen.
Wie immer hatte sie auf ihn gewartet, streckte ihm – dem einsamen Leser in einem leeren Haus – die Hand entgegen und zog ihn mit sich. Es war ein altbekanntes Spiel, das sich immer wiederholte.

Wenn er lachte, war er nicht mehr allein, dann war sie bei ihm. Sie zeigte ihm eine andere Welt, entführte ihn aus der seinen. Sie beflügelte seine Gedanken. Sie zeigte ihm seine eigenen Schwächen und machte ihm Komplimente.

Und wie immer verlor er sich in ihr.

Er verschlang sie, liebte sie und war eins mit ihr.

Erst wenn die Sonne ihre Strahlen durch die staubigen Fensterscheiben schickte und die Nacht vertrieb, ließ sie ihn schweren Herzens gehen. Auch ihm fiel der Abschied schwer, aber er wusste, dass sie auf ihn wartete.

Denn sie war für immer bei ihm, wenn er dieses Buch aufschlug.

Sie lebte in diesem Buch.

Und er liebte sie.

Für immer.

Heute

Ich habe es mir vorgenommen. Lange genug habe ich nur darüber nachgedacht. Aber die Zeit des Nachdenkens ist jetzt vorbei. Lange genug habe ich es stumm geduldet. Aber die Zeit des Schweigens ist jetzt vorbei.
Heute ist es so weit. Mein Entschluss steht fest.
Ich werde so tapfer wie all die Helden aus vergangenen Zeiten sein.
Ich werde ihm gegenübertreten. Tief durchatmen und das tun was richtig ist. Ich werde ihm sagen, was ich denke: dass sein Weg der falsche ist. Damit ich stolz auf mich sein kann.
Heute ist es soweit.
Ich werde handeln und aus seinem Schatten hervortreten. Ihm endlich meine Meinung sagen. In meinen Gedanken sind die Worte bereits da.

Ohne mich.

Sie sind hart und endgültig. Ich bin soweit. Heute mache ich, was richtig ist. Tief durchatmen und –
»Kommst du heute wieder mit?« fragt er.
Seine Worte sind laut und fordernd. Doch darunter sagt er noch viel mehr:
Machst du wieder mit?

Wirst du wieder dabei sein, Schmiere stehen und danach den Mund halten?
Er steht vor mir und lauert auf meine Antwort. Wie ein Jäger auf seine Beute. Für ihn gibt es nur eine Antwort.
Ich atme tief durch.
Ich denke an all die Helden aus vergangenen Zeiten: Herakles, Jeanne d'Arc, Robin Hood, Hua Mulan, Martin Luther King. Ich kann genauso stark sein wie sie. Genauso mutig meine eigene Meinung vertreten wie sie.
Ich habe noch nie eigene Worte gegen seine gerichtet. Ich habe ihm noch nie etwas entgegengehalten.
Er sieht mich an. Abwartend, fragend und ungeduldig. Dazu werden Unverständnis und Wut kommen, wenn ich ihm endlich die Wahrheit sage: dass ich das nicht mehr mitmachen werde. Dass es für mich vorbei ist.
Aber das werde ich in Kauf nehmen müssen. All die Helden haben es auch geschafft.
Ich atme tief ein.
In meinem Magen bemerke ich ein Kribbeln. Ich bin nervös.
Die Worte kann ich bereits auf der Zunge, auf meinen Lippen fühlen.
Ich schmecke ihren entschiedenen Klang.

Nein. Ich werde nicht mehr mitmachen.

Er sieht mich an.
Ich erwidere seinen Blick.
Jetzt.
Ich öffne den Mund und antworte: »Klar komme ich wieder mit.«

Augenblick

Seine Hände sind schmutzig. Dreck, Erde kleben an seinen Fingern.
Ihre sind blass. Die Finger sind zerstochen.
Er berührt ihre Hand, vorsichtig. Denn er weiß, er darf es nicht.
Ihre Finger streicheln über die Erde an seiner Hand, zögerlich. Denn sie weiß, sie darf es nicht.
Schmutzige Finger und zerstochene Finger verflechten sich, halten sich.
Sie sieht auf. Himmelblaue Augen treffen erdfarbene. Überwinden den Raum zwischen ihnen.
Sie weiß, sie sollte den Blick abwenden. Er weiß, es schickt sich nicht.
Ihre Blicke klammern sich aneinander. Ihre Finger halten sich.
Ein Moment, der eine Ewigkeit sein könnte. Welche Bedeutung hat Zeit? Welchen Sinn hat Zeit in diesem Augenblick?
Er ist gestohlen, dieser Augenblick. Denn er gehört ihnen nicht. Aber er überwindet etwas. Sie wissen es beide.
Seine Hand berührt ihre Locken. Er wickelt sie um seinen Finger. Durch die Erde an seinen Fingern spürt er die Sanftheit ihres Haares.
Sie hebt die Hand. Kratzige Haare, die seine

Wangen schmücken. Sie fühlt sie unter ihren zerstochenen Fingern.
Da stehen sie.
Sie halten, sie klammern, sie fühlen einander in einem gestohlenen Augenblick.
Es regnet.
Es muss regnen, sonst würden ihre Finger und die seinen nicht nass werden. Salziges Nass.
Es schmerzt.
Dieser Augenblick könnte ewig sein. Vielleicht ist er es ja, wenn auch nur kurz.

Déjà-vu

Als sie an jenem Morgen aufwachte, war sie sich absolut sicher, dass, wenn sie aus dem Fenster über ihrem Bett blicken würde, sie den See bereits in warmes Sonnenlicht getaucht sah. Als sie dann die Augen aufschlug war sie verwirrt, dass dies nicht der Fall war. Und noch mehr verwirrte sie, dass sie gedacht, ja sogar erwartet hatte, dass es in ihrem Zimmer ein Fenster über dem Bett gab.
Es hatte dort nie eins gegeben. Das einzige Fenster war an der gegenüberliegenden Wand hinter dem Schreibtisch und man konnte definitiv keinen See erkennen, wenn man hinaussah, nur die Umrisse von Hochhäusern, die aufgrund der Uhrzeit noch in Dunkelheit getaucht waren.
Ein Schauer rann ihr über den Rücken, sie runzelte kurz die Stirn und fuhr sich über die Augen. Es musste ein merkwürdiger Traum gewesen sein, der sie in dieser Nacht heimgesucht hatte, wenn sie solche Dinge erwartete. Nur leider konnte sie sich an keine weiteren Details erinnern. Eigentlich schon fast schade, da es ein sehr interessanter Traum gewesen sein musste.
Sie schloss für einen kurzen Moment noch einmal die Lider, während sie über ihr Gesicht

rieb. Gleich würde sie aufstehen und sich das Kleid anziehen, das man extra für sie hatte anfertigen lassen, ihr aber trotzdem nicht gefiel. Dazu müsste sie aber aufstehen, die nackten Füße auf den bestimmt wieder eisig kalten Steinfußboden setzen und …

Warte. Stopp.

Was dachte sie da eigentlich?

Welches Kleid und welcher Steinfußboden geisterten da durch ihre Gedanken?

Sie schlug die Augen wieder auf und setzte sich aufrecht hin. Sie würde jetzt aufstehen und sich für die Schule fertigmachen, das hatte sie eigentlich denken wollen! Woher kamen dann diese mysteriösen anderen Gedanken?

Sie musste einen wirklich seltsamen Traum gehabt haben, dass sie so durcheinander war. Kopfschüttelnd schwang sie die Beine aus dem Bett und versank mit den Zehen in dem flauschigen Teppich. Kein Boden aus nacktem Stein, nur ein kuscheliger, roter Teppich. Vielleicht wäre es besser, erst einmal kalt zu duschen, bevor sie weitere komische Gedanken bekam.

Sie schnappte sich die Sachen, die auf ihrem Stuhl lagen und da war definitiv kein Kleid dabei.

Sie trug nie Kleider! Und für ein maßgeschneidertes hätte ihre Familie gar kein Geld!

Geduscht und nach einem schnellen Frühstück verließ sie die Wohnung und trat auf die dunkle Straße, die nur von einigen Straßenlaternen beleuchtet wurde. Ihre Mutter schlief noch und ihr Vater war bestimmt bereits mit den anderen zusammen, um bei Kerzenschein die Vorbereitungen für die heutige Jagd zu treffen.
Warte. Was?
Ein Windhauch fuhr mit kühlen Fingern in ihren Nacken und sie zog schaudernd die Jacke fester zu, als sie durch die noch unbelebten Straßen lief.
An was für Kerzenlicht und was für eine Jagd hatte sie gerade gedacht? Ihr Vater sollte um diese Zeit bei der Arbeit sein und sich um die alten Leute kümmern.
Was hatte sie heute nur für merkwürdige Gedanken? Konnten das wirklich die Nachwirkungen eines schlechten Traumes sein? Unbewusst beschleunigte sie ihre Schritte. Ein einsames Auto fuhr langsam an ihr vorbei und sie sah hinter dem Lenkrad eine schwarze Gestalt sitzen. Als sie um einen Häuserblock bog,

blies ihr der Winterwind eiskalt ins Gesicht und sie war sich nicht sicher, ob die Gänsehaut auf ihren Armen nur von dem Wetter herrührte.
Als sie ihren Freund Georg und dessen Kumpels an der Haltestelle sah, setzte sie ein strahlendes Lächeln auf, aber ein dumpfes und unwirklich warnendes Gefühl in ihrem Inneren blieb.
Sie konnte es sich genauso wenig wie die Herkunft dieser komischen Gedanken erklären.
Weiterlaufen. Zwei Schritte, einer noch und dann schlang sie ihre Arme um Georg. Sie atmete seinen vertrauten Geruch ein, küsste seine Lippen und drückte sich an den bekannten Körper ihres Freundes.
Es fühlte sich gut an, bei ihm zu sein, von ihm gehalten zu werden.

Auf der Fahrt zur Schule vergaß sie sogar die komischen Gedanken. Sie kehrten erst wieder, als Georg sich von ihr verabschiedete, um in sein Klassenzimmer zu gehen. Als er sie umarmte, fühlte es sich merkwürdig an und sie begann auf einmal zu zittern.
»Ist alles in Ordnung?«, fragte er sie besorgt.
Sie nickte, obwohl sie sich durchaus bewusst

war, dass er ihre Lüge bemerkte. Zum Abschied küsste sie ihn, doch dieses Mal fühlte sich der Kuss anders an als sonst.

Sie fühlte sich schlecht, weil sie Georg belogen hatte, aber sie konnte ihm auch nicht erklären, was sie störte. Sie hielt ihre Bücher umklammert und wich entgegenkommenden Schülern aus. Gleich wäre sie da und vielleicht sollte sie ihre beste Freundin einweihen. Diese konnte sich möglicherweise erklär-

Sie strauchelte, als jemand rücksichtslos gegen sie stieß.

Die Bücher fielen zu Boden und sie auf die Knie. Das tat weh. Der Schmerz pulsierte durch ihre Knie und Hände, mit denen sie sich aufgefangen hatte. Sie hatte bereits eine wüste Beschimpfung auf den Lippen parat, als sie sanft am Arm gegriffen wurde und man ihr aufhalf.

»Entschuldige bitte, ich ...« Ihr Gegenüber stockte. Sie erstarrte.

Sie sah genau in die Augen ihres Verlobten.

Warte. Was?

Welcher Verlobte?

Drehte sie gerade durch?

»Kennen wir uns?« fragte der Unbekannte und klang so verunsichert wie sie sich fühlte. Ihr wurde kalt und die Haare auf ihren Armen richteten sich zu einer Gänsehaut auf. Nein, wäre die richtige Antwort gewesen. Sie hatte diesen Mann noch nie in ihrem Leben gesehen. Aber trotzdem hatte sie das Gefühl, als wäre sie schon hundert Mal in seinen Augen versunken, als hätte sie schon hundert Mal feurige Wangen bei seinem Anblick bekommen und als wüsste sie genau, wie sich seine rauen Lippen unter ihren anfühlen würden, wenn sie ihren Verlobten jetzt küssen wür-

Nein.

Sie hatte keinen Verlobten. Sie hatte einen Freund, Georg.

Aber wer war das dann hier vor ihr?

Sie kannte ihn. Oder doch nicht?

Es war wie bei einem Déjà-vu. Jeder verzweifelte Versuch, die Erinnerung zu packen, misslang. Sie hatte Gänsehaut. Sie zitterte unkontrolliert. Ihr Herz schlug so schnell und laut, dass es fast schmerzte.

Ihre Wangen glühten.

Angst, Unverständnis, Nervosität, Hoffnung, Erleichterung und Liebe.

Die Gefühle überschwemmten sie und sie verstand nicht, wie das passieren konnte oder woher diese Gefühle kamen.

Ein Bild überlagerte das, was sie gerade sah. Nur seine Augen blieben. Seine Augen, in denen sie problemlos ertrank. Seine Haare schienen auf einmal länger und seine Wangen mit Ruß beschmiert.
Das war eine Erinnerung. Dieses Gefühl war untrüglich. Genauso wie das Wissen, dass sie dies nie erlebt hatte. Aber es fühlte sich an, als hätte sie das Ganze schon einmal durchlebt.
Wann?
Wo?
Ihre Kehle war auf einmal wie zugeschnürt. Das Zittern nahm weiter zu.
Sie versuchte, die Erinnerung zu greifen. Festzuhalten. Es war, als floh das Bild der rußverschmierten Wangen vor ihr. Dabei war es doch so deutlich. Sie wusste, dass sie alles – diese Situation hier – schon einmal, genauso, erlebt hatte.
Und sie hatte unbeschreibliche Angst.
Aber sie wusste, dass der Fremde (oder doch ihr Verlobter?) bei ihr sein würde. So wie er es immer getan hatte. Obwohl sie sich bis eben noch nicht kannten.
In diesem Leben.

Über das Meer

Das Meer singt ein wildes Lied. Eines, das von aufregenden Abenteuern, tödlichen Gefahren und tragischen Schicksalen erzählt.
Die Frau – sie ist fast noch ein Mädchen – fröstelt bei seinem Anblick. Mit ungezügelter Kraft schlagen die schwarzen Wellen rauschend gegen den Bootssteg und brechen sich daran. Das salzige Wasser schwappt auf die Holzbohlen und über ihre Füße. Sie zittert ein wenig mehr und schlingt die Arme um ihren Körper, während ihr Blick vom Meer angezogen wird.
Es ist ein mondloser Himmel, der sich, einem düsteren Tuch gleich, über diesen Flecken Erde gelegt hat. Die Sterne sind verborgen hinter dichten Wolken und die Schwärze der Nacht scheint die Menschen auf dem Bootssteg zu verbergen.
Die fröstelnde Frau ist nicht alleine. Dicht an dicht, Leib an Leib gedrängt, steht sie mit anderen auf dem schmalen Steg, der an drei Seiten von Wasser umgeben ist. Sie alle haben zwei Ziele: Sie wollen in das Boot, das unruhig auf dem Wasser tanzt und sie wollen weg von hier, sehr weit weg.
Ihr Vorhaben ist waghalsig, riskant und vor allem illegal. Doch die Angst, die Verzweiflung

und der Schrecken hat sie hierhergetrieben: zum Meer als letzten Ausweg, weg von Feinden und der Furcht, weg von Familie und Freunden, hin zu einer unbekannten Ferne, zu Fremden und vielleicht in die Freiheit.
Ein Baby schreit und zerreißt damit die nervenaufreibende Stille. Jemand zischt leise, verlangt, dass das Kind zur Ruhe gebracht wird. Sie dürfen nicht auffallen. Niemand darf wissen, dass sie hier sind.
Dass sie heimlich fliehen.
Eine zarte Gänsehaut hat sich auf den Armen der Frau ausgebreitet und angespannt reibt sie darüber.
Dann ist sie an der Reihe. Sie wirft einen letzten, nervösen Blick zurück auf das Land, das sie verlassen will, das sie verlassen muss, auch wenn es ihre Heimat ist. Sie schließt die Augen und das Bild der im Dunkeln liegenden Heimat brennt sich auf ihrer Netzhaut ein, bevor sie sich abwendet.
Vor ihr liegt das Boot, in das sie nun klettert und dahinter das Meer und der Himmel. Sie sind grenzenlos: keine Mauern, nur eine gefährliche, endlose Weite.
Die Frau folgt den anderen in das Boot, das sie nach Norden bringen wird: weg vom Süden,

ihrer Heimat, ihrem alten Leben. Sie alle kehren dieser Zeit, dieser Welt den Rücken zu, um das Leben zu finden, das es hier nicht mehr gibt.

Es reißt ihnen das Herz mitten entzwei.

Eine Hälfte wird für immer hier zurückbleiben. Denn hier liegen ihre Vergangenheit, ihre Wurzeln, ihre Erinnerungen, ihre Heimat, aber auch die Furcht, das Leid, die Hoffnungslosigkeit und der grausame Tod.

Die andere Hälfte strebt in die Ferne, in das Unbekannte. Dorthin, wo sie hoffen, Freiheit und Leben zu finden.

Ein Mann wispert leise Worte. Als das Boot ablegt, flüstert er sein Versprechen immer und immer wieder in die Nacht hinaus: »Ich komme wieder.«

Ein Anderer hat die Hände gefaltet, die Augen zum Gebet geschlossen.

Ein Kind weint und eine Frau hält seine Hand.

Und der Wind treibt das Boot hinaus in die Welt. Die Wellen wiegen das kleine Boot, werfen es hin und her, lassen es mit dem Tod tanzen, zu dem wilden Lied des Meeres.

Die Frau richtet ihren Blick starr auf die schwarzen Wellen, die sie vorwärts tragen und die grauen Wolken, die sich schwach vom

düsteren Nachthimmel abheben. Himmel und Meer scheinen ohne sichtbare Grenze ineinander zu fließen.
In ihrem Magen kribbelt die Nervosität, jeder Atemzug fällt ihr schwer.
Anspannung und Angst, zwei lähmende Gefühle, ringen tief in ihrem Herzen um die Wette. Eine einsame Träne rinnt über ihre kalte Wange.
Flucht.
Es ist ein merkwürdiges Wort. Eines, das nie ohne einen harten und bitteren Nachgeschmack ausgesprochen wird und das feige klingt.
Die Flüchtenden klammern sich fest. Sie halten sich gegenseitig, sie halten das Boot, das sich seinen Weg durch die Wellen erkämpft.
Vor ihnen liegt eine Reise ins Ungewisse, zu unbekannten Ländern, zu fremden Menschen, über ein tödliches Meer. Es ist eine Reise dem Leben entgegen. Falls sie unterwegs nicht ertrinken.
Ihre Flucht zu neuen Ufern hat begonnen.

Du darfst nicht lesen

Du darfst nicht lesen, sagten *sie* zu mir.
Sie, das waren zwei junge Leute, die im Café an einem Tisch neben mir saßen und sich mit diesen Worten zu mir herüber beugten.
Ich musste lachen. Irgendwie klang dieser Satz albern.
»Wieso darf ich nicht lesen?« wollte ich wissen.
Doch die Antwort bestand nur aus einem mysteriösen, unheilschwangeren Blick, der nicht zu deuten war.
Also lächelte ich und las weiter, immer dann, wenn ich wollte – wie bisher.

Papier raschelt unter meinen Fingern. Es ist trocken und verursacht ein nur allzu bekanntes Gefühl, das man nicht missen möchte, wenn man Bücher liebt. Schwarze, eckige Buchstaben bevölkern die Seiten. Sie bilden Wörter, Sätze, Kapitel, ganze Geschichten.
Aber diese Buchstaben halten ein Geheimnis in sich verborgen.
Sie sind gut versteckte Tore, die den Leser und Betrachter der Worte und Seiten eine andere Welt betreten lassen. Sie zeigen andere Menschen, deren Abgründe und Schönheiten. Sie lassen den Leser reisen – und doch wird er beim Heben des Blickes, beim Zuklappen des

Buches wieder wohlbehalten zu Hause abgesetzt.
Das dachte ich.
Hätte ich ahnen können, dass es anders war?
Hatten *sie* mich vielleicht davor gewarnt?
Obwohl ich diesen merkwürdigen Worten, die wie eine Warnung geklungen hatten, kaum Bedeutung beimaß, musste ich doch mehr als nur einmal an sie denken, wenn ich ein Buch aufschlug.

Heißer Tee, aus dem noch der Dampf steigt und bei dem man sich die Hände verbrennt, wenn man sie gegen die Tasse drückt, gehört zu einem wirklich guten Buch einfach dazu. Dazu ein Teller, auf dem sich Kekse, gefüllt mit kleinen Schokoladenstückchen, stapeln. Das Ganze wird abgerundet von einem bequemen Sessel für die Abendstunden eines anstrengenden Tages.
Ich schalte das Licht im Wohnzimmer an. Die Lampe erwacht zum Leben und ergießt ihr Licht in den Raum.
Als meine Augen sich an das Licht gewöhnt haben, sehe ich es.
Das Buch, das zurzeit mein Begleiter ist und mich heute Abend auf eine Reise mitnehmen

sollte, hatte ich auf dem kleinen Tisch aus hellem Holz platziert. Es ist dick, hat einen roten Einband und mein Lesezeichen, ein kleines, selbstgemachtes Band, schaut am oberen Rand heraus. Aber das ist es noch nicht, was mich stört.

Das Problem ist das Messer, das mitten in dem Buch steckt.

Es spießt das Buch förmlich von oben nach unten auf, bohrt sich durch den dünnen oberen Buchdeckel, durch die Seiten und ist irgendwo dazwischen stecken geblieben.

Ein Klappern zerreißt die nervöse Stille im Raum.

Ich fahre heftig zusammen, da ich das Geräusch nicht einordnen kann und zum Glück gieße ich mir dabei den heißen Tee nicht über die Hände. Die Quelle des Geräusches befindet sich zerbrochen auf dem Boden.

Der von Hand bemalte Teller liegt in zwei Hälften vor mir. Kekse rollen über das Parkett, Kekse, gespickt mit feinen Schokoladenstückchen. Meine Hand, die bis eben noch den Teller hielt, zittert unkontrolliert.

Mir gelingt es, die sich immer schwerer und wärmer anfühlende Tasse behutsam auf dem Boden abzustellen, bevor sich die Flüssigkeit über diesen verteilen kann.

Da steckt ein Messer in meinem Buch. Ein großes langes Messer.
Und ich habe keine Ahnung, wie es da hineingekommen ist. Oder warum es dort ist, führe ich den Gedanken fort. Ein Weiterer drängt sich mir auf und er ist noch erschreckender: Wer hat das Messer in mein Buch gesteckt?
Der Keks, den ich, ohne es wirklich zu bemerken, aufgesammelt habe, fällt mir wieder aus der Hand und kullert davon.
Jemand muss in meiner Wohnung sein. Jemand hat mein Buch mit einem Messer aufgespießt.
Langsam erhebe ich mich aus der Hocke und sehe hinüber zu dem kleinen Tisch mit dem roten Buch und dem Messer mit dem dunklen Griff.
Mit vorsichtigen Schritten nähere ich mich meinem Ziel. Von rechts nach links, von links nach rechts wandert mein Blick, hektisch. Saugt alle mir so vertrauten Details meines Wohnzimmers in sich auf und bleibt doch immer wieder an dem Buch hängen. Ansonsten scheint alles noch unverändert so zu sein, wie ich es kenne.
Eine Bewegung aus dem Augenwinkel!
Ich reiße den Kopf zur Seite und fixiere mit

den Augen – dabei bis tief ins Innerste erschrocken und verstört zitternd – die Stelle.
Einer der Vorhänge bewegt sich sanft im Wind, der durch das angekippte Fenster eindringt. Ein leichtes Vor- und Zurückschwingen des Vorhanges, ein kurzes Aufblähen und dann fällt er wieder in sich zusammen.
Für so eine harmlose Sache fühle ich einen erstaunlich großen Knoten in meinem Magen, der schwer dort lastet. Mein versuchtes ruhiges Ein- und Ausatmen sind die einzigen Geräusche hier und sie erscheinen mir furchtbar laut.
Ich wende meinen Blick von dem Vorhang ab und konzentriere mich stattdessen auf das durchbohrte Buch. Es sieht ermordet aus.
Erst denke ich, meine Sinne spielen mir einen weiteren Streich. So wie die unheimliche Bewegung des Vorhanges eben. Ich blinzle einmal, zweimal. Doch es ist immer noch da.
Direkt um das Buch ist ein großer dunkler Fleck mit unregelmäßigen Rändern. Der Fleck scheint eine Art Flüssigkeit zu sein, die auf den ersten Blick schwarz aussieht, doch bei genauerem Hinsehen wirkt sie tiefblau. Wie eine Blutlache um einen menschlichen Körper ist diese Flüssigkeit um das Buch verteilt.

Mein Ausatmen klingt ohrenbetäubend laut. Ich beuge mich vor, Stück für Stück nähere ich meine Hand dem Messer, das aus dem Buch herausragt. Meine sich unkontrolliert bewegenden Finger schließen sich um den Griff des Messers und mit einem Ruck ziehe ich es aus dem toten Buch heraus.
In der Mitte des Buchdeckels klafft ein Loch. Von der kalt schimmernden Spitze des Messers tropft etwas Dunkelblaues auf das Buch. Um meine Neugier zu befriedigen und um herauszufinden, was es ist, tauche ich den Zeigefinger meiner freien Hand hinein.
Es ist tatsächlich eine Flüssigkeit und während ich die Hand hebe, um den Finger näher betrachten zu können, ahne ich bereits, was es ist: Tinte. Dunkelblaue Tinte, die meinen Finger benetzt, die an der Spitze des Messers klebt und um das Buch herum ausgebreitet ist.
Meine Erinnerung daran, wie ich zum Telefon stolperte, wie ich es schaffte, die Nummer der Polizei einzugeben, und an die Minuten des Wartens, bis diese eintraf, ist verschwommen. Die ernüchternde Wahrheit, die ein Teil von mir bereits geahnt hatte, war, dass es keinerlei Spuren eines Einbruchs gab, oder von einer

Person, außer mir, die in meiner Wohnung war. Bis auf das Messer und das Loch in meinem Buch gab es nichts, was darauf hindeutete, dass jemand anderes hier gewesen war.
Außer ich wurde bereits verrückt und hatte diese Tat selbst ausgeführt. Ich konnte nur hoffen, dass dem nicht so war. Und sagt man nicht, dass Verrückte es nicht in Betracht ziehen, verrückt zu sein, weil sie ihre Taten für normal halten? Dadurch, dass ich es einige Minuten lang in Erwägung gezogen hatte, konnte ich also nicht kurz davor sein, den Verstand zu verlieren, schlussfolgerte ich.
Die Erinnerung an die zwei Menschen in dem Café kam wieder in mir auf. Die Menschen, die mich vor dem Lesen gewarnt hatten. Doch da ich dem Polizisten keine brauchbare Beschreibung dieser Leute liefern konnte, war dieser Hinweis auch nicht viel wert.
Der Fall war bereits geschlossen, bevor er überhaupt richtig aufgenommen worden war. Es gab Wichtigeres, um das sich die Polizei kümmern musste. Es gab Schrecklicheres als ein ermordetes Buch. Es gab grausamere Menschen als die, die ein Buch voller Worte und Ideen töteten. Nur für mich sollte der Fall nicht abgeschlossen sein.

In der Luft liegt ein Geruch, der aus einer Vielzahl von kleineren Gerüchen besteht: Der unbeschreibliche Duft von Büchern sticht besonders hervor, gefolgt von einer Mischung aus Staub und etwas Muffigem. Es ist diese Art von Geruch, den ein Raum erhält, wenn zu wenig Tageslicht durch ungeputzte Fensterscheiben dringt. Hinter dem breiten Verkaufstisch, vergraben und verborgen hinter Stapeln von Büchern, eines mehr mit Worten und Geschichten gefüllt als das andere, sitzt ein kleiner Mann, der nicht einmal aufsieht, als ich seinen Laden betrete. Vielleicht hat er es gar nicht mitbekommen.

Von den Regalen, in denen jedes bisschen Platz ausgenutzt wurde, um sie mit Büchern zu füllen, geht eine Anziehungskraft aus, der ich nicht widerstehen kann. Ich werde diesen kleinen Laden nicht eher verlassen können, bevor ich ein Buch gekauft habe. Das weiß ich. Aber ich wusste nicht, dass es so nicht eintreten würde.

Die Stille, die zwischen den mächtigen Holzregalen, den Büchern, den vereinzelten Lampen und uns beiden Menschen herrscht, wird immer wieder unterbrochen. Das leise Rascheln des Papieres, wenn der Buchhändler umblät-

tert – ob er wohl weiß, dass er nicht allein in seinem Laden ist – ist das einzige laute Geräusch hier.
Ich setze einen Fuß behutsam vor den anderen, darauf bedacht nicht aufzufallen, um die Heiligkeit dieses Ortes nicht zu stören.
Als ich stehen bleibe, weiß ich immer noch nicht, wonach die Bücher sortiert sind. Ich kann kein System entdecken. Es ist, als wären sie in einer wahllosen Reihenfolge nebeneinandergestellt.
Ich ziehe ein Buch heraus, es hat höchstens hundert Seiten, der Titel ist in weißen, verschnörkelten Lettern geschrieben, der Name des Autors ist darunter zu lesen. Das Buch hat eng zwischen den anderen Büchern gestanden, aber jetzt kippen die übrigen zur Seite. An einer beliebigen Stelle im vorderen Teil des Buches schlage ich es auf.
Etwas hat sich verändert. Immer noch ist die Luft muffig und voller Bücher, weiterhin ist die Stille ein angenehmes Schweigen zwischen dem Mann und mir. Doch etwas hat sich verändert. Ich merke es nur im Unterbewusstsein, während ich beginne, die Worte zu verschlingen. Einen Satz kann man nur einmal das erste Mal lesen. Beim ersten Mal sind die Worte eine

Überraschung, sie öffnen dir ein Tor in eine dir bis dahin unbekannte Welt. Man liest die Worte, die Buchstaben, die Ideen aus dem Buch. Doch wenn man über die Sätze ein zweites Mal liest, scheint es, als hätten sie etwas von ihrer Magie verloren. Es ist anders. Man kennt das Geschehen, man weiß, was passieren wird, und die Magie hat man bereits herausgelesen.
Jetzt lese ich das erste Mal über diese Sätze mitten in dem Buch und lese die Buchstaben heraus. Ich stehe mitten in einem Buchladen, mit einem Buchhändler, der mich nicht gehört hat, und lasse mich einhüllen von einer mir bis eben unbekannten Geschichte.
Du darfst nicht lesen.
Ich zucke zusammen. War das nur Einbildung? Habe ich den Satz nur in meinen Gedanken gehört?
Oder hat mir gerade jemand diesen Satz ins Ohr geflüstert?
Ich sehe mich um. Niemand steht in meiner Nähe. Es ist, als wäre überhaupt niemand außer mir und dem Buchhändler in dem Laden. Kurz kräuseln Falten meine Stirn und ich spüre, dass ich lachen will.
Das verrückte Lachen, das in mir aufsteigt, lasse ich dann bleiben.

Stattdessen beuge ich mich wieder über die Seiten und lese weiter.
Mein Unterbewusstsein ist immer noch mit den merkwürdigen Veränderungen beschäftigt. Oder bildet es sich diese nur ein?
Es ist, als würde sich leise und vorsichtige Musik an den Regalreihen voller Bücher vorbeischlängeln und sich Ton für Ton mir nähern. Die Musik gehört zu einem Klavier und es ist, als würde der Pianist Worte dazu flüstern. Besagte Worte, die mich verfolgen, seitdem sie mir in dem Café gesagt wurden.
Eine feine Gänsehaut zieht sich langsam über meine Arme und setzt sich in meinem Nacken fest.
Meine Augen wandern weiter über die Seiten. Die Klaviertöne schwellen in einem Crescendo Stück für Stück an. Ich nehme davon nichts wahr. Selbst die Augen nicht, die auf mich gerichtet zu sein scheinen und die das beklemmende Gefühl, beobachtet zu werden, auslösen. Zu tief bin ich von dem Text vor mir gefesselt.
Ein kaum merkliches Kitzeln im Nacken, wie ein Lufthauch. Worte, die mich reisen lassen und mich aus der Buchhandlung hinaustragen. Ein Paar Augen, das mich beobachtet. Es lässt

mich nicht aus dem Blick und ich bin zu unwissend, um zu entkommen.
Das Papier raschelt. Ich blättere um.
Die Musik scheint weiter anzuschwellen. Sie nähert sich einem düsteren Höhepunkt.
Ich kann die vier Worte hören, wie sie in mein Ohr geflüstert werden. Du darfst nicht lesen.
Eine weitere Seite, die ich gespannt lese.
Weitere Härchen, die sich auf meiner Haut aufrichten.
Einatmen.
Noch mehr Worte, die ich lese.
Die Musik wird laut. Es ist kalt. Die Augen sind ganz nahe.
Ausatmen.
Die behagliche Stille einer Buchhandlung. Die Temperatur ist erträglich.
Ein dumpfer Knall.
Der alte Buchhändler schlurft hinter seinem Tisch hervor. Sein Blick fixiert das am Boden liegende Buch mit dem weißen Titel. Es ist aufgeschlagen, die Seiten nach unten in Richtung des Holzbodens, der Rücken wirft Falten. Das Holz ist durch dunkelblaue Tropfen gefärbt.
Der alte Mann grummelt unverständliche Worte in seinen grauen Bart hinein, während er das Buch aufhebt. Mühsam steht er wieder

auf und fährt über die umgeknickten Seiten, streicht sie glatt. Dann wendet er sich dem Regal zu. Die Bücher, die links von dem Buch standen, schiebt er zurück zur linken Seite, die, die rechts standen, zurück nach rechts. Das kleine Buch will er dazwischen stellen. Jedoch reicht der Platz nicht aus.
Der Buchhändler schlägt das Buch von hinten auf und liest die letzte Seitenzahl. 854 Seiten hat das Buch.
Mit schweren Schritten bewegt der alte Mann sich durch die Buchhandlung, die in dämmriges Licht getaucht ist. Er streicht über seinen Bart und schüttelt immer wieder wegen der Unverschämtheit mancher Menschen den Kopf. Wie man einfach ein Buch am Boden liegen lassen kann, sodass der Rücken leiden muss, kann er nicht verstehen.
Dann schiebt er in einem anderen Bücherregal einige Bücher zur Seite und quetscht das Buch mit der weißen, verschnörkelten Schrift dazwischen.
Als das erledigt ist, kehrt er zu seinem Tisch zurück und beugt sich wieder über seine Lektüre. Er weiß nicht, dass ein Mensch seinen Laden betreten hat. Er weiß nicht, dass dieser seinen Laden nicht wieder verlassen hat.

Trotz der vielen Wörter, die er schon aus so vielen Büchern gelesen hat, scheint es ein Wunder zu sein, dass er noch hier ist. Manchmal, wenn er bemerkt, dass jemand seinen Laden betritt, warnt er die Menschen. Denn Lesen ist gefährlich. Er weiß es, doch oft vergisst er, es anderen zu sagen. So wie wir etwas aus Büchern herauslesen, saugen sie uns Stück für Stück ein. Bis wir ein Teil von ihnen werden.

Worte der Wahrheit

Der Kaffee war bitter. So bitter, dass ich am liebsten nach Milch oder Zucker verlangt hätte. Doch jetzt nach unserem Gespräch wagte ich es nicht, ihn darum zu bitten. Es erschien mir falsch, jetzt etwas in diese Richtung zu sagen. Es würde wirken, als versuchte ich vom Thema abzulenken, was mir zugegebenermaßen gar nicht so unrecht wäre.
Konzentriert starrte ich auf die Tischplatte und versuchte, in dem Holz ein Muster zu finden. Die Worte, welche wir gesprochen hatten, hallten immer noch in mir und in der Luft nach. Es war, als hingen sie noch unsichtbar zwischen uns.
Vielleicht hätte ich das Ganze anders angehen sollen. Vielleicht wäre es besser gewesen, wenn ich mich noch mehr darum bemüht hätte ruhig zu bleiben, aber es war so schwer. Ich hatte das Gefühl, von Mal zu Mal fiel es mir schwerer. Meine Hand, die nicht auf dem Tisch ruhte, vergrub ich im Fell der Katze, die auf meinem Schoß lag. Ich strich ihr durch das störrische Fell und hörte ihr Schnurren. Es war das einzige Geräusch in diesem Raum. Es wirkte, als hätte sich auch die Katze gegen mich verschworen.
Als ich angekommen war, hatte er mir den Kaf-

fee gebracht, mich aufgefordert, mich zu setzen und zu erzählen. Ich sollte alles erzählen. Die Katze hatte es sich gleich darauf wie ein dickes Fellknäuel auf meinem Schoß bequem gemacht und keinerlei Anstalten unternommen, ihren neuen Platz zu verlassen. Ich hatte es nicht gewagt, sie von dort zu verscheuchen, so groß war mein Respekt gegenüber diesem Tier. Da mir kaum eine andere Wahl blieb, erzählte ich ihm alles.

Während ich sprach, sah ich hin und wieder zu der Tasse mit dem braunen fast schwarzen Getränk, das so widerlich bitter war, dass man es eigentlich gar nicht trinken konnte ohne sich krampfhaft schütteln zu wollen. Ein, vielleicht auch zweimal hatte ich einen Schluck aus dieser Tasse genommen, um meine Lippen zu befeuchten, damit die Worte nicht allzu gepresst und langsam aus meinem Mund kamen.

Er hatte mich reden lassen. Es war seine vermutlich beste Eigenschaft, andere Menschen solange sprechen zu lassen, bis sie an Worten leer waren.

Wenn ich es dabei wagte, in seine Augen zu blicken, hatte ich es dahinter flackern sehen. Es waren Enttäuschung und Wut, welche dort gnadenlos miteinander rangen. Ich spürte all

die Worte, die er mir noch währenddessen am liebsten entgegengeschleudert hätte.
Aber er hatte gewartet. Gewartet bis meine Hände zitterten und bis es keine Worte mehr gab, die ich sagen konnte und bis ich nach unten auf das Fell dieser hinterhältigen Katze gestarrt hatte. Die Katze, die mich davor bewahrte, vor ihm zu flüchten, nachdem ich die Wahrheit erzählt hatte. Für einen Moment hatte es sich richtig angefühlt und für diesen einen Moment war es ein schönes Gefühl gewesen, all das gesagt zu haben und meine schmerzende Seele zu entlasten. Doch gleich darauf war ich mir da nicht mehr so sicher. Einzig und allein die Katze auf meinem Schoß verhinderte mein plötzliches Aufspringen, da ich sonst ihre Krallen in den Beinen gespürt hätte.
Seine Stimme hatte mühevoll beherrscht geklungen, während er mich eindringlich ansah und mir dann seine Worte entgegenwarf. Worte, die voller Vorwürfe waren und mich umso mehr schmerzten.
Ich hatte mir vorgenommen, sie stumm zu ertragen, denn berechtigt waren seine verletzten Gefühle, aber Beherrschung war nie meine Stärke gewesen.
Daher war es fast ein Wunder, dass ich nicht

doch versehentlich aufgesprungen war, um meinem Ärger mit nervösem Auf- und Ablaufen Luft zu machen und dann hatte es keine Worte mehr gegeben.
Ich spürte, dass sein Blick jetzt schon die ganze Zeit, seitdem wir verstummt waren, auf mir lastete.

Die Stille lag zwischen uns wie ein schweres Tuch und schmeckte, ebenso wie der Kaffee, bitter.
Vielleicht sollte ich sie durchbrechen, sollte Worte aus meinem Mund schicken und das Schweigen zerstören. Vielleicht sollte ich eine Entschuldigung über meine sich ausgetrocknet anfühlenden Lippen bringen. Aber ich konnte es nicht. Denn obwohl er es anders sah, musste er wissen, dass ich kaum eine andere Wahl gehabt hatte. Auch wenn es mir jetzt, hinterher, leidtat. Kein noch so unförmiger Laut verließ meinen Mund, stattdessen konzentrierte ich mich auf das atmende Fellbündel, das mir etwas Beruhigendes gab. Es war, als versuche sie mich zur Ruhe zu zwingen, als wolle sie als Anker für mich fungieren. Was könnte ich noch tun, wenn zu reden, ich mich jetzt außerstande sah? Ich wusste es nicht.

Meine Hand, die nicht im Fell der Katze vergraben war, zitterte immer noch unruhig auf dem Holztisch und meine Finger malten, ohne dass ich es wollte, Kreise darauf. Worte hätte ich jetzt sagen sollen oder irgendetwas tun, um diese schwere, erdrückende Stille zu beseitigen, doch ich sah mich nicht in der Lage dazu. Als seine warme Hand dann meine zitternde Hand umschloss, war ich mir im ersten Moment nicht sicher, ob dies doch nur eine Sinnestäuschung war. Ein Betrug meiner Gefühle in einer so angespannten Situation. Doch die Wärme der anderen Hand wirkte so real, so wirklich, dass ich beschloss, dass es wahr sein musste. Meine Finger verflochten sich ohne mein Zutun mit den Seinen und klammerten sich an diesen fest, als hätte ich Angst, hier und jetzt den Halt zu verlieren.
Zögernd und mühevoll schaffte ich es, den Kopf zu heben und ihn nach diesem Gespräch wieder anzusehen. Für einen Moment ertrank ich in den Tiefen seiner Augen, aus denen die Enttäuschung und die Wut verschwunden waren. Jetzt war da etwas Anderes, etwas Warmes, das diesen Platz eingenommen hatte.
Die Katze auf meinem Schoß schnurrte be-

haglich, als hätte auch sie die Veränderung bemerkt, was nicht ganz auszuschließen war, denn Katzen sind kluge Tiere.
Ich blickte in seine Augen, spürte den bitteren Geschmack des Kaffees in meinem Mund, die atmende Katze auf meinem Schoß und hielt seine Hand ganz fest. Ein Teil von mir fürchtete sich vor dem, was die Worte der Wahrheit verändert hatten, aber ein anderer, größerer, war froh, dass ich sie nicht mehr allein ertragen musste. Denn obwohl sie nicht schön waren, vielmehr waren sie hässlicher als man es je zu träumen wagte, schien es, als hätten sie uns einander nähergebracht.

Im Bunker

Warten. Ausharren. Schweigen.
Ein Krachen. Ein Poltern.
Panische Schreie.
Die Luft ist so stark von Angst durchtränkt, dass man daran ersticken könnte.
Wieder knallt es draußen. Laut und ohrenbetäubend. Es scheint als würden die Wände wackeln, als könnten sie nicht mehr standhalten. Das Aufschreien und das entsetzte Stöhnen sind unbewusste Reaktionen, denen niemand entkommen kann und denen man sich nicht entgegenstellen kann. Man rückt enger zusammen. Kauert nebeneinander und wartet.
Auf das Ende.
Denn es gibt immer ein Ende.
Auch wenn niemand weiß, wann es kommt.
Wie lange sind wir schon hier? Sind es nur Minuten, die wir ausharren?
Sind es bereits Stunden?
Oder sind es bereits Tage?
Niemand hatte daran gedacht, eine Uhr mitzunehmen.
Jetzt sitzen wir dicht beieinander an einem zeitlosen Ort und harren aus und beten und hoffen.
Die Situation macht uns zu einer Gemeinschaft. Einer Gemeinschaft, die bei jedem

Geräusch, das die steinernen Wände zum Wackeln bringt, zusammenfährt und aufschreit.
Wir warten auf das Ende.
Welche Welt wird uns dann erwarten?

Draußen in Freiheit

Rainer S. stellte sich bei seiner Flucht nach dem Einbruch absichtlich ungeschickt an. Zwar gab sich der 57-Jährige alle Mühe, seine Spuren zu beseitigen und so der Polizei zu entkommen. Verhaftet wurde er trotzdem.
In seinem tiefsten Inneren kannte er die Wahrheit.
Er hatte erwischt werden wollen.
Deswegen der neue Einbruch. Deswegen das nachlässige Beseitigen von Spuren, die die Ermittler direkt zu ihm führen mussten.
Er hatte es darauf angelegt, dass man ihn ergreifen würde.

Der junge Polizist im Verhörraum wirkte fassungslos und auch ein wenig enttäuscht. Vermutlich, weil er den Fall so schnell gelöst hatte und ihm der einzige Verdächtige weder Ärger noch zusätzliche Arbeit bereitete. Im Gegenteil. Er gestand sofort.

Rainer S. beobachtete ihn, wie er die Akte vor sich überflog. Seine Akte. Er kannte sie in- und auswendig, sie beinhaltete sein ganzes Leben. Die Worte darin malten das Bild einer gescheiterten Persönlichkeit. Sie zeigten einen Menschen, der mehr Lebenszeit hinter

dicken Mauern und in Zellen verbracht hatte, als außerhalb. Eine Person, die nichts anderes mehr kannte, als den Knast.
Eine seltsame Art von Zuhause.

Er erinnerte sich deutlich daran, wie es war, hinter den dicken Mauern zu sein, fremdbestimmt zu leben und misstrauisch von Beamten und Mithäftlingen beäugt zu werden.
Rainer S. hatte es gehasst. Die Regeln, die unzähligen Entscheidungen, die man ihm abnahm, die er nicht treffen durfte, und den Tagesablauf, der einem festen Muster folgte und jeden Tag haargenau gleich war.
Eingeengt.
Unfrei.
Nach seiner Verurteilung hatte er jedes Mal die Tage bis zu seiner Entlassung gezählt. Und jedes Mal war er erleichtert gewesen, wenn der letzte Tag anbrach, sie ihm seine aufbewahrten Habseligkeiten gaben und er hinaustrat.
In die Freiheit.
In ein selbstbestimmtes Leben, voller Möglichkeiten und Chancen.
Und doch hatte er nichts geändert.
Erneute Einbrüche, Diebstähle, Raubüberfälle.
Jedes Mal war er wieder hinter diesen Mau-

ern gelandet und jedes Mal wartete er wieder sehnsüchtig auf den Tag seiner Entlassung. Den Tag, an dem er der Unfreiheit entgehen würde und wieder hinauskonnte. Hinaus in die Welt des Lebens, der Entscheidungen.
Wieder nach Hause zu seiner wartenden Freundin.
Die irgendwann nicht mehr wartete.

Als der Prozess kam, saß Rainer S. ganz still. Als das Gericht eine Haftstrafe über ihn verhängte, war ihm, als fiele ihm ein großer Stein vom Herzen.
Er fühlte fast schon so etwas wie Erleichterung, obwohl er wieder ins Gefängnis musste.

Der Knast empfing ihn wie einen alten Freund. Selbst die kopfschüttelnden Beamten erkannten ihn wieder. Er war zurück.
Er hatte zurückgewollt.

Deswegen der erneute Einbruch. Deswegen die schlecht geplante Flucht und die schlampig verwischten Spuren, die ihn auf ihn zeigten.
Er war wieder da.

Rainer S. sah die hohen Mauern, den Stacheldraht, die Wärter und die Mithäftlinge. Er hörte das vertraute Geräusch des Schlüssels, das Klimpern, das ihn einsperrte und ihn von einer ihm fremd gewordenen Außenwelt abschnitt. Er roch den verschwitzten, in der Nase hängenbleibenden, Geruch des Knastes. Den Geruch der Unfreiheit, des Eingesperrtseins.

Er war wieder zurück, weil er die Freiheit nicht ertragen hatte. Sie hatte schwer und unnachgiebig auf seinen vom Alter gebeugten Schultern gelastet und ihn unnachgiebig hinunter gepresst.
All diese Entscheidungen, die er seit seiner Entlassung hatte selbst treffen müssen, die waren ihm zu viel gewesen.
Auf wen konnte er sich in der Außenwelt verlassen? Mit wem konnte er noch reden? Wer verstand ihn?
Wann sollte er aufstehen? Was sollte er essen? Wann sollte er einkaufen gehen? Wie sollte er seine Zeit totschlagen, bis er wieder ins Bett gehen würde?
Wer würde einen alten Mann bei sich arbeiten lassen, der im Leben fast nur den Knast kennengelernt hatte?

Viel zu viele Fragen und Entscheidungen. Da hatte er lieber den einzigen Weg eingeschlagen, den er kannte, der ihm vertraut war, um dieser furchtbaren Freiheit zu entkommen.

Rainer S. war zurück. Er war daheim.

Spiegel

»Er ist ein machtvolles Werkzeug.
Sieh in den Spiegel.
Und du weißt, wer du bist.
Und wer du nicht bist.«

Ich habe es geleugnet.
Tagelang. Wochenlang. Jahrelang.
Ich leugne es jetzt noch.
Ich hätte es auch in Zukunft geleugnet.

Das Glas ist kühl und abweisend. Wenn ich mich nach vorne beuge, sodass ich die Kälte auf meiner Haut fühlen kann, dann beschlägt das Glas beim Ausatmen. Ein kleiner Nebelschleier, der mein Antlitz vor mir selbst verbirgt.
Ich greife nach den Stiften und den Farben und bringe mein Gesicht näher an das Spiegelbild. Meine Augen starren mir entgegen. Ich konzentriere mich. Auf meiner Stirn bildet sich eine waagerechte Falte.
Ich trage die Farben auf. Bedecke damit mein Gesicht und lasse es unter einer Schicht Schminke verschwinden. Dann betrachte ich es. Kaum wiederzuerkennen. Ich und doch nicht ich.
Später stehe ich bei den anderen. Wie jedes

Mal. Wir stehen immer zusammen, reden und lachen.
Auch sie verbergen ihr Gesicht. Schminke ist praktisch. Sie hilft dir zu verstecken, was du nicht zeigen magst. Sie macht dir eine perfekte Maske.
Wir stehen beieinander. Beobachten die Fremden. Schauen sie an, reden und lachen über sie. Das ist einfach. Es fällt nicht schwer.
Die Schminke trocknet. Sie beginnt sich festzusetzen.
Einer sagt etwas. Bösartig, hart, beleidigend und laut. So laut, dass der Fremde, dem die Worte gelten, sie hören muss. Wir stehen zusammen und unser Lachen dröhnt. Der Verhöhnte huscht weiter.
Schnell, schweigend, geduckt, gedemütigt.
Wir reden und reden. Gehässig, laut und höhnisch.
Die Schminke setzt sich fest. Sie wird zu einer Haut.
Ein Mann läuft vorbei. Langsam, ruhig. Er sieht zu uns herüber, als wolle er etwas sagen.
Einer spricht wieder. Wie immer boshaft, hämisch, verletzend und laut.
Der Mann legt den Kopf zur Seite, bleibt stehen und starrt.

Wie immer lachen wir. Die Maske, die ich trage, lacht. Gehässig, kalt und gefühllos.
Der Mann schweigt. Ernst und nachdenklich. Seine Augen werden zu einem Spiegel.
Einem Spiegel, der mir eine Gruppe Menschen zeigt. Sie stehen zusammen und tragen Masken und sie lachen und kennen einander doch nicht recht. Und da wird mir kalt. So eisig kalt, wie das Glas meines Spiegels.
Meine geschminkten Lippen lachen. Breit ist das Lachen, höhnisch der Ton. Wie bei den anderen.
Aber meine Augen, die sind kalt und leblos.
In den Augen des Mannes – in diesen Spiegeln – da steht eine Frage. ***Wer bist du?***
Ich weiß es nicht. Die Frage ist einfach – die Antwort ist es nicht.

Ein neuer Morgen graut. Farben ergießen sich über den Himmel und bringen ihn zum Strahlen.
Ich sitze vor dem Spiegel, beuge mich nach vorne und öffne das Kästchen.
Lipgloss und Kajalstift, Rouge und Puder, und mehr. Sie starren mir entgegen. Warten darauf benutzt zu werden.
Ich greife nach den Stiften und den Farben

und bringe mein Gesicht näher an das Spiegelbild. Meine Augen starren mir entgegen. Ich konzentriere mich. Auf meiner Stirn bildet sich eine waagerechte Falte.
Wer bist du?
Eine stumme Frage, die schwer ist.
Was tust du da?
Bist du das wirklich?
Die Fragen werden mehr und bedrängen mich. Meine Hand zittert. Meine Finger beben. Noch haben die Farben meine Haut nicht berührt.
Die Fragen sind nur in meinem Kopf. Und doch überall. Ich blicke mir selbst entgegen. Wer bin ich?
Die Schminke fällt aus meinen Händen. Die Fragen sind laut. So entsetzlich laut.
Und dann Schmerzen. Sie durchzucken meine geballte Faust. Wie Blitze. Ein weiteres Mal schlage ich zu.
Scherben lösen sich, der Spiegel zerbricht, die Fragen sind tot.
Ich senke den Kopf.
Gezackte Spiegelscherben, mein Gesicht darin – kaum zu erkennen und unbemalt. Blut ist dazwischen, mein eigenes. Es tropft von meiner Hand hinab, auf mein Antlitz und färbt es rot. Kirschrot.

Aus den Scherben heraus blicken mich meine Augen an. Zweifelnd, unsicher, erleichtert. Dann stehe ich auf, umschlinge mit der unverletzten Hand die blutende Faust und gehe. Und alles ist still.
Zurück bleibt ein Spiegel, der in Scherben ist, Schminke, die nicht angerührt ist, und Blut.

»Sieh in den Spiegel, wenn du wissen willst, wer du bist.
Doch handle, wenn du wissen willst, wer du sein kannst.«

Der Streit

Es ist still. Sekunden, die zu Minuten werden.
Zu der Stille gesellt sich Kälte. Mir ist nie bewusst gewesen, wie kalt und unbequem es hier auf den Stufen ist.

Dann –
Die Stille zerreißt, zerstört das angespannte Schweigen, in dem sie nach verletzenden Argumenten suchen, die man sich an den Kopf werfen kann.

Es geht weiter.
Ich ziehe meine Knie an die Brust. Versuche dabei auf den schmalen Stufen nicht den Halt zu verlieren.
Und lausche.
Wie gebannt hocke ich auf der Treppe. In einem dunklen Flur.
Oben wird wieder geschossen. Mit den brutalsten Hilfsmitteln, die dem Menschen zur Verfügung stehen: mit Worten. Dieses Mal sind sie noch lauter und verletzender.
Als ich mich auf die Treppe setzte, überlegte ich noch: Soll ich hochgehen? Soll ich das Wortgefecht unterbrechen?
Nein.

Ich blieb hier unten sitzen und lauschte.
Mich geht es eigentlich nichts an.
Ich besitze nicht die notwendigen Argumente.

Stattdessen lasse ich zu, dass die Kälte in meine Glieder kriecht. Ich lasse zu, dass die Wörter, die so gefüllt sind mit Wut, Zorn und Traurigkeit, an mein Ohr dringen.
Ob sie noch wissen, worum es eigentlich ging?
Oder haben sie sich bereits in dem unendlichen Labyrinth verlaufen, in dem man nur noch Nichtigkeiten hervorholt, sie verdreht und dann mit düsteren Worten abfeuert?
Dann ist es wieder still.
Atemlos still.
Das ganze Haus scheint den Atem anzuhalten.
Ist es nun vorbei?
Sind sie nun leer an Worten?
Können sie nicht mehr?
Mein Kopf sinkt auf die Knie. Kopfschmerzen hämmern hinter meiner Stirn.

Vielleicht sind sie jetzt fertig.
Vielleicht sind sie ausgelaugt.
Vielleicht kommen sie jetzt die Treppe hinunter und finden mich hier sitzend.
Allein. Schweigend. Wartend.

Es poltert.
Laut und schwungvoll und kurz.
Danach ist es wieder still.
Sekunden werden zu Minuten und Minuten werden zu etwas noch Längerem.
Vielleicht haben die Worte jetzt unheilbare Wunden gerissen.
Oder haben sie sich einfach mit ihren Worten umgebracht?
Auf jeden Fall ist es zu spät.

Vergessenes

Wenn sich die Sonne über den Horizont schiebt, langsam und Stückchen für Stückchen, verharrt alles in Stille: Pflanzen, Tiere, es scheint, als würde die ganze Welt in Stille getaucht.
Es beginnt langsam, es dauert Minuten und in der ganzen Zeit habe ich das untrügliche Gefühl, dass Geräusche und Laute keinerlei Existenzberechtigung haben. Wenn der erste Sonnenstrahl über den Horizont schimmert, ist es soweit und es dauert an, bis die Sonne ihre Position vollständig am Himmelszelt über uns erreicht hat.
Wie jeden Morgen sitze ich an dem eingeschlagenen Fenster, habe die Knie an die Brust gezogen und beobachte den Sonnenaufgang. Genauso wie ich jeden Abend nach draußen gehe und zusehe, wie die Nacht sich über die Stadt legt und diese in undurchdringliche Dunkelheit, Finsternis und Kälte einhüllt.
Warmer Wind betritt das Wohnzimmer, zwängt sich durch das gesplitterte Fenster und spielt für einen Moment mit meinen langen Haaren. Tagsüber besitzt er eine Wärme, die einen glauben lässt, dass man innerlich austrocknet.
Die Sonne hat sich nun zur Gänze über den Horizont geschoben, welchen ich vom Zimmer

aus sehen kann und schenkt der Welt einen völlig neuen Tag. Die Kälte der undurchdringlichen Nacht wird von einem neuen, grauenvoll heißen Tag abgelöst, welcher der sonderbaren Spezies Mensch dargereicht wird, aber ob dieses Geschenk wirklich so geschätzt wird, wie es vielleicht soll, ist fraglich.
Ich höre Schritte auf der Treppe und sie sind unverwechselbar. Auch wenn ich weiß, dass außer dieser einen Person niemand hier hinauf in diese Wohnung kommt, erscheint es mir trotzdem immer wieder merkwürdig, wie sehr seine Schritte sich von denen der anderen Menschen abheben.
Wir leben weit oben in einem dieser großen Häuser, die man früher Wolkenkratzer genannt hat. Es gibt Nächte, in denen die Wolken, kurz bevor sie eisigen Regen über einen ergießen, so tief hängen, dass man das Gefühl hat, man muss nur die Hand ausstrecken, um sie zu berühren.
Die Frage, warum wir uns die Mühe machen, so weit oben zu leben, hat man uns schon einige Male gestellt, wenn wir Kübel mit Wasser oder anderes nach oben gebracht haben. Immerhin führt diese ein wenig unvorteilhafte Lage dazu, dass man alles die endlosen Treppen hinauf-

tragen muss und dabei immer nach der Hälfte der Stufen das Gefühl hat, keine Luft mehr zu bekommen. Dies liegt nicht daran, dass die Menschen, die hier hochkommen, einschließlich mir, zu dick sind oder sich einfach in schlechter körperlicher Verfassung befinden. Schuld daran trägt die drückend heiße Luft, die einem den Atem raubt und in die Knie zwingt, je mehr Schritte man unternimmt.
Der Grund für das Leben so weit oben: man besitzt einen atemberaubenden Ausblick auf die Stadt und auf den Sonnenaufgang, auch wenn die meisten der Fensterscheiben Ähnlichkeiten mit abgebrochenen Zähnen haben. Und wenn die Nacht hereinbricht und die Lebewesen der Dunkelheit erwachen, ist man hier oben sicherer, als unten auf der Straße. Ich weiß nicht genau, was unten in der Stadt vor sich geht, wenn der in Silber getauchte Mond am Himmel wacht, aber das Wenige, was sich die Menschen noch erzählen, klingt schrecklich.
Diese vielen Stufen hier nach oben, die ich immer langsam gehe, um nicht zu oft Pause machen zu müssen, werden jetzt von kleinen Füßen erklommen, die schneller sind als meine. Es sind unverwechselbare Laute, die diese

Füße erzeugen, wenn sie auf die Stufen treten, denn sie scheinen voller Energie zu pulsieren und Freude mit sich zu tragen.
Ich sollte vielleicht überrascht sein, dass mein Bruder von unten kommt, aber ich bin es nicht. Denn ich weiß, dass mein Bruder nicht so wie ich von Ehrfurcht und Stille überkommen wird, wenn die Sonne aufgeht. Daher sind wir oft schon vor dem Sonnenaufgang wach, sitzen in viele Schichten Decken und Kleidung gehüllt da und verzehren unser Frühstück. Und dann, wenn die ersten Sonnenstrahlen von glühender Wärme zeugen, verschwindet er aus der Wohnung. Ich glaube, manchmal ist er unten in den anderen verlassenen Räumen und Wohnungen mit ihren staubigen Einrichtungen und ihren gebrochenen Fenstern. Dort kennt er sich gut aus, denn er verbringt viel Zeit damit, verlassene und einsame Orte zu betreten und zu durchsuchen.
Jetzt aber kommt er wieder und ich kann ihn poltern hören. Ich verdanke es meinem Bruder, dass gewisse Muskeln in meinem Gesicht noch nicht eingerostet sind. Einmal hat er mir erklärt, dass man sie wirklich Lachmuskeln genannt hat und das brachte mich wieder dazu, die Mundwinkel nach oben zu einem Lächeln

zu bewegen. Es gibt Menschen unten in ihren Wohnungen, die weit näher dem Boden sind als unsere oder in anderen zugigen Häusern in dieser Stadt, die starre Mienen haben und vermutlich gar nicht wissen, wie man lacht, weil sie es nie versucht haben oder keine Gelegenheit dazu kennengelernt haben. Vermutlich wissen sie auch nicht, dass es solche Muskeln gibt und welchen Namen sie tragen.
Es poltert mehrmals laut und ich drehe mich auf meinem Sitzplatz, einem ausgeblichenen blauen Sofa, um. Dort steht er in der Tür zum Wohnzimmer. Mein Bruder ist klein, wirklich klein finde ich, vor allem da er nur ein Jahr jünger ist als ich. Seine Haare fallen ihm auf der rechten Seite in die Stirn, er behauptet, das störe ihn nicht, aber ich glaube immer er lügt, denn in dieser Hitze kleben lange Haare, so empfinde ich es zumindest. Auf der linken Seite hat er seine Haare vor nicht allzu langer Zeit ganz kurz geschnitten, weil er wissen wollte, ob die Schere, die er gefunden hatte, noch ihren Zweck des Schneidens erfüllt.
Aber das Schönste an ihm ist einfach sein Lachen. Er strahlt bis hoch zu seinen Ohren, eines davon hinter dieser Haarmähne verborgen, während er mich wartend ansieht.

»Können wir jetzt endlich los?« fragt er laut, mit absichtlich nörgelnd klingender Stimme und sieht mich so ungeduldig an, wie nur er es kann. Denn eigentlich drängt die Zeit ja nicht, denn davon haben wir alle zu viel.
Aber ich weiß, dass ich es nicht länger hinauszögern kann, denn ich habe ihn gestern Abend gebeten, dass wir erst heute am frühen Morgen losgehen, da die Nacht schon so nahe war.
Ich nicke und klettere langsam von dem ausgeblichenen Sofa. Er stößt einen merkwürdigen Laut aus, den er Jauchzen nennt. So glaubt er auf jeden Fall heißt das, denn er weiß über so etwas immer besser Bescheid als ich, obwohl er der Jüngere von uns ist.
Er ist schon wieder aus der Wohnung hinausgelaufen, da habe ich unser großes Wohnzimmer noch nicht einmal zur Hälfte durchquert. Ich rufe ihm hinterher, dass er warten soll und beeile mich, ihm zu folgen. Er wartet auf mich an der großen Wohnungstür aus dunklem Holz. Das Türschloss ist leider etwas zerstört und nicht mehr gebrauchsfähig, aber wer braucht in dieser Höhe schon abschließbare Türen.
Ich trete neben ihn und versuche es ein weiteres Mal. »Wohin wollen wir denn gehen?« Diese eine Frage habe ich ihm gestern bereits

mehrfach gestellt, aber nicht ein einziges Mal wollte er mir ein noch so kleines Detail unseres Zieles verraten.
Auch jetzt verziehen sich seine Mundwinkel nur nach oben und er schüttelt zweimal den Kopf. Dann deutet er auf die Treppe und mir ist klar, dass ich eine Antwort erst erfahren werde, wenn wir das geplante Ziel erreichen werden. Bevor ich etwas Weiteres sagen kann, hat er sich von mir abgewandt und beginnt die unzähligen Stufen hinunterzulaufen. Das macht er schnell und laut polternd, sodass es vermutlich im ganzen Haus zu hören ist und früher sicher alle anderen Bewohner gestört hätte.
Ich werfe einen kurzen sehnsüchtigen Blick hinüber zu den großen, matt glänzenden Türen, die mit zahlreichen bunten Mustern versehen sind. In den dahinterliegenden Schächten befinden sich nur tiefschwarze Leere und seltsame Seilkonstruktionen, die ich nicht verstehe. Papa hat gesagt, das wären früher einmal ***Aufzüge*** gewesen. Damit konnte man Menschen, schneller als man es zu Fuß geschafft hätte, von einem Stockwerk zum nächsten befördern. Ich stelle mir das schön vor, so konnte man wenigstens den ewigen Treppen entkommen. Gerne würde ich dieses Hilfsmittel benutzen

und ich frage mich, ob die Menschen, welche es damals erschaffen und genutzt haben, es auch auf diese Art zu schätzen wussten.
Da diese *Aufzüge* nicht mehr funktionieren, ich habe auch nicht die kleinste Ahnung, wie man so etwas wieder funktionstüchtig machen könnte, muss ich wohl doch die Stufen laufen. Die Stufen, welche mein Bruder sicherlich schon zu einem großen Teil hinter sich gebracht hat. In dem großen Treppenhaus voller Staub und Schmutz kann ich selbst hier oben noch seine Schritte hören.
Ich raffe mein langes Kleid und beginne die Stufen hinabzusteigen. Aufgrund der grausam heißen Sonne ist es ratsam, etwas Langes und Weites zu tragen, damit man vor der Sonne geschützt ist und einem die Kleidung nicht am Leib klebt.
Deutlich langsamer laufe ich hinter ihm die Stufen hinunter, spüre wie die Hitze des neuen Tages, die selbst hier in diesem Treppenhaus herrscht, anfängt mich einzuhüllen und ringe mehrmals ziemlich schwerfällig nach Atem. Meine Finger krallen sich fest in den Stoff des Kleides, aber ich laufe weiter.
Meine Fingerknöchel treten mittlerweile weiß hervor und ich kann überall den Schweiß an

mir spüren. Und das, obwohl es gerade mal kurz nach Sonnenaufgang ist.
Unten an der letzten Stufe wartet er bereits auf mich. Auffordernd, ungeduldig, auf der Stelle tretend und mich nicht aus den Augen lassend, streckt mein Bruder mir eine Hand entgegen. Ich ergreife sie und merke wie warm sich meine auf der seinen anfühlt und bringe die letzten Stufen hinter mich. Das lange Kleid lasse ich immer noch gerafft, da es mir viel zu groß ist, es war nie für mich gedacht und außerdem weiß ich ja nicht, was mich außerhalb dieses Hauses erwartet.
Gemeinsam erreichen wir die große Haustür, die nur noch ein Gerippe ihrer selbst ist. Früher war sie einmal aus Glas gewesen und vor einigen Jahren hätte man das Glas noch aufsammeln können, aber jetzt sieht man nichts mehr davon, es existiert nur noch der Teil der Tür, der aus Holz besteht.
Gemeinsam öffnen wir die Tür und dann sind wir draußen.
Draußen, ein großes, gefährliches Wort, das ziemlich viele Dinge umschreibt. Außerhalb des Hauses ist es heißer und ich kann nur knapp dem Drang widerstehen, mich umzudrehen und zurück in das Gebäude hinter mir

zu gehen. Doch die Hand meines Bruders, die meine immer noch fest umklammert, hält mich zurück und gemeinsam gehen wir weiter.
Hohe Häuser ragen rechts und links der Straße in die Luft. Metalldinge, man nannte sie ***Autos***, stehen rechts und links ordentlich am Rand der Straßen. Papa meinte immer, sie dienten den Menschen früher zur schnellen Fortbewegung. Es ist, als warten sie regungslos darauf, dass etwas mit ihnen passiert, als würden sie sich nur ein wenig gedulden müssen, bis ihre Besitzer zurückkehren. Aber nichts davon ist seit Jahrzehnten passiert, warum also sollte es dann in nächster Zeit geschehen?
Ich sehe eine Frau, die im Schatten von einem dieser ***Autos*** hockt. Sie hat faltige, runzlige und von der Sonne dunkel gebrannte Haut. Vor ihr liegt ein Brett mit schwarzen und weißen Feldern, immer abwechselnd, und sie schiebt getrocknete Blüten und dunkle Steine darüber. Sie sitzt jeden Tag dort, jeden Tag nach Sonnenaufgang nimmt sie diesen Platz ein und spielt dieses Spiel, noch nie habe ich diesen Platz dort leer vorgefunden. Ich erinnere mich daran, dass ich mich einmal zu ihr gesetzt habe und sie fragte, wie dieses Spiel ginge und da hat sie mich aus grauen Augen, mit faltiger Stirn und

leblosem Gesicht angesehen und die Schultern gezuckt. Dann hat sie weiter getrocknete, stachelige Blüten und dunkle Steine über das Feld geschoben.

»Komm, wir müssen uns beeilen.« Mein Bruder drängt mich erneut, zieht ungeduldig an meiner Hand und ich bin kurz davor, laut in Gelächter auszubrechen, wenn ich nicht genau wüsste, wie unpassend das wäre. Wie komme ich nur auf so einen Gedanken, das machen zu wollen? Er möchte sich bei diesen Temperaturen beeilen, hat er gesagt. Wieder einmal habe ich den seltsamen Verdacht, dass er dieses furchtbare Wetter anders als ich und alle anderen Menschen in dieser Stadt empfinden muss, sonst würde er nicht so drängeln oder so leichtfüßig die unzähligen Stufen unseres Hauses hinunter rennen.

»Es ist nämlich ein bisschen weit«, erklärt er mir dann den Grund für seine Eile. Doch was versteht er unter ein bisschen weit? Was für einen Ort möchte er mir heute so unbedingt zeigen, dass er sich so verhält?

Also folge ich ihm und wir versuchen, möglichst im Schatten dieser großen grauen Häuser zu laufen, auch wenn ihre Wände so scheinen, als würden sie die Hitze nur verstärken. Wir laufen,

wie ich finde, ziemlich schnell, so dass ich ihn mehrmals um Pausen bitten muss.
Zwischen den Häusern, auf den Wegen, überall haben sich ein paar wenige Pflanzen nach oben gekämpft. Sie durchbrechen die schnurgeraden, grauen und staubigen Straßen. Sie sind selten sehr groß, die meisten gerade einmal so hoch wie ich. Stachelige Blüten und stachelige Blätter schmücken diese Pflanzen. Daher wirken sie unfreundlich und immer ein wenig vertrocknet, gelblich und ungesund, auch wenn es junge Pflanzen sind.
Wie lange sind wir schließlich gelaufen? Ich kann es nur schwer schätzen, aber dem Stand der Sonne nach zu urteilen, ist es irgendwann nach Mittag. Meine Kleidung klebt mir an der Haut, meine Haare hängen verschwitzt an meinem Kopf und ich habe mehrmals aus der kleinen, mit Wasser gefüllten, Flasche getrunken, die ich immer bei mir habe.
Die ganze Zeit hat es so gewirkt, als würde das alles meinem Bruder nicht viel ausmachen. Zwar hat auch er einige Male große Schlucke getrunken, sich die langen Haarsträhnen zurück gestrichen und er läuft jetzt deutlich langsamer als zu Beginn, aber er wirkt immer noch voller Begeisterung und Enthusiasmus.

Auf unserem Weg aus der Stadt heraus haben sich die hohen Häuser ein wenig gelichtet und somit sind uns immer weniger graue Menschen begegnet, dafür sind die trockenen Pflanzen mit ihren Dornen mehr geworden und die Hitze immer größer.
Dann, ganz plötzlich, ohne jegliches Anzeichen einer vorherigen Warnung, bleibt mein Bruder stehen und deutet auf ein Haus zu meiner Rechten.
Es ist ein unscheinbares Haus und es hat nichts, worin es sich von anderen Häusern in diesem Viertel unterscheidet. Zwei Stockwerke ist es hoch und wirft daher kaum Schatten. Und wie bei allen anderen Häusern in dieser Stadt, sind die Fenster gesplittert. Vor dem Haus befindet sich ein großer vertrockneter Garten voller stachliger Blumen.
Eine Bemerkung zu den Fenstern: Noch nie habe ich ein Haus in der ganzen Stadt gesehen, das nicht gebrochene Fenster besaß. Bevor sich Jemand des herumliegenden Glases bemächtigt hatte, lagen die Scherben immer draußen, so als hätte Etwas versucht, durch das Fensterglas nach ***draußen*** zu kommen.
Warum gerade dieses Haus will ich fragen, aber kein Wort kommt mir über die rissigen

Lippen. Was ist an diesem Haus so anders oder besonders, dass mein Bruder beschlossen hat, mich hierher zu führen?
Ich sehe zu ihm hinüber und merke, dass er schon wieder dieses Lächeln in seinem Gesicht trägt und seine Augen scheinen irgendwie zu glänzen und zu leuchten. Dann deutet er noch einmal auf das Haus und zieht mich auf das Grundstück.
Wir durchqueren den großen Vorgarten, der voller kleiner Steine und trockener, dorniger Pflanzen ist und dann stehen wir direkt vor dem Haus. Mein Bruder gibt der Holztür, deren Schlüsselloch ein wenig zerkratzt und zerstört wirkt, einen sanften Stoß und die Tür schwingt nach drinnen auf. Bevor ich es mir anders überlegen kann, stehe ich mit ihm im Hausflur dieses unbekannten Hauses und weiß immer noch nicht, warum ich hier bin.
Mein Bruder zieht mich weiter durch die Räume. Würde man die große Staubschicht auf allem ignorieren, könnte man meinen, alles in diesem Haus wartet nur darauf, dass die Bewohner wieder zurückkommen.
An einer Wand sehe ich ein großes, schwarzes, flaches Etwas, das ich auch in anderen Wohnungen unseres Hauses gesehen habe. Es gibt

viele von diesen Geräten, ich habe sie schon in den unterschiedlichsten Größen gesehen, meist sind sie viereckig und eine Oberfläche glänzt merkwürdig schwarz, aber wozu so etwas zu gebrauchen war oder wie es beim Leben half, ist mir ein undurchschaubares Rätsel.
Mein Bruder bleibt vor einer offenen Tür stehen und bedeutet mir, auf ihn zu warten, während er in ein anderes Zimmer eilt.
Ich bleibe also dort stehen und betrachte die kaum durchdringbare Finsternis, die hinter der Tür liegt.
Ich kann nur gerade so noch Stufen ausmachen, die nach unten führen. Er wird doch nicht etwa dort hinunterwollen?
Dorthin, wo es dunkel ist und wir keine Chance besitzen, wirklich etwas zu sehen. Außerdem ist dies das Reich der Schatten, etwas wo ich nicht wirklich hinmöchte, denn woher sollte ich denn wissen, was dort unten für dunkle Gefahren auf uns warten?
Mit lauten Schritten kommt mein Bruder zurück, in beiden Händen jeweils eine brennende Kerze. Er hat Kerzen in diesem Haus gefunden und diese auch noch angezündet, wie ich erstaunt feststelle.
Eine der beiden Kerzen drückt er mir in die

linke Hand. Ihre Flammen flackern beunruhigend vor sich hin und kaum, dass ich sie in der Hand halte, habe ich das merkwürdige Gefühl, dass es sofort noch etwas wärmer wird, was natürlich nicht sein kann, immerhin würde sich durch eine kleine Flamme die Temperatur nicht wesentlich erhöhen.

»Es gibt noch mehr davon«, informiert er mich mit wenigen Worten über das, was ich nicht ausspreche, dafür aber denke und er wohl problemlos aus meinem Gesicht lesen kann.

Er dreht sich um, steht nun mit dem Rücken zu mir und mit dem Gesicht zu der offen stehenden Tür, welche in die Finsternis führt und während er das macht, wirkt es so, als wäre er der Ältere von uns beiden. Natürlich läuft er laut und polternd und vermutlich ohne weitere Gedanken daran zu verschwenden, was dort unten lauern könnte, die Stufen hinunter. Ein untrügliches Gefühl sagt mir, dass er bereits weiß, was dort unten ist, dass es somit dort nicht besonders gefährlich sein kann, immerhin muss er schon einmal hier gewesen sein, aber ein anderer Teil von mir ist in unbeschreiblichem Maße entsetzt, hinab gehen zu müssen und darüber, dass ich nicht wusste, dass er zu solchen Orten geht.

Soll ich ihm wirklich in diese Dunkelheit folgen? Wenn ja, dann muss ich den Verstand in der Hitze verloren haben, ist alles was ich dabei denken kann. Aber was soll ich denn sonst machen? Er hat mich gebeten, mit hierher zu kommen und ich habe den Weg durch die Stadt und die Hitze auf mich genommen und jetzt bin ich hier, nur um auf ihn zu warten? Dies kann ich nicht tun, also werde ich wohl dort hinunter gehen müssen und ich weiß, dass ich es auch machen will, weil etwas in mir geweckt ist: Neugier.

Ich umfasse die längliche Kerze etwas fester, hoffe, dass das Wachs nicht auf meine Hand tropfen wird und gehe vorsichtig auf die Stufen zu. Dunkelheit lebt hier und ich kann im schwachen Schein der Kerze kaum etwas erkennen.

Mein Bruder muss mittlerweile unten angekommen sein. Vermutlich wartet er dort bereits sehr ungeduldig auf mich, denn ich kann seine so markanten Schritte auf den Stufen nicht mehr hören.

Meine Finger drücken sich noch ein wenig fester in das Wachs hinein und mit der freien Hand raffe ich mein Kleid, bevor ich mich in die Finsternis hinter der geöffneten Tür begebe

und zaghaft einige Schritte abwärts laufe. Das Licht der Kerze ist weder besonders hell, noch weitreichend, sodass ich gerade die nächste und Umrisse der übernächsten Stufe erkennen kann. Das Kerzenlicht verdrängt die Dunkelheit für wenige Momente mit flackerndem Schein, der sich Wege durch die Schatten bahnt und über die nähere Umgebung zuckt.
Je weiter ich nach unten gehe, desto mehr habe ich das Gefühl, dass es kälter wird, jedoch nicht so kalt, als wenn die Nacht die Welt einhüllt und die Herrschaft übernimmt, sondern eher, als würde etwas von dieser drückenden Hitze weichen, sodass es nicht so anstrengend ist, diese Stufen hinunter zu gehen.
Meine Hand, welche das Kleid oben hält, damit ich nicht versehentlich darauf trete, streift etwas an der Wand. Ich bleibe stehen, da sich dieses ***Etwas*** anders anfühlt, als die raue und kalte Wand. Um zu erkennen, was ich dort gefühlt habe, bringe ich die Hand mit der Kerze in die Richtung dieses ***Etwas'*** und lasse gleichzeitig meine Finger zaghaft und voller Vorsicht darüberstreichen.
Es fühlt sich kühl und ***fremd*** an und im flackernden und zuckenden Licht der Flamme sehe ich, dass es ein Teil einer Pflanze ist.

Doch sie sieht völlig anders, aus als die Pflanzen, die ich bisher je gesehen habe. Sie ist bei weitem nicht so vertrocknet, dornig und staubig wie die anderen Pflanzen draußen in der Stadt. Diese seltsame Pflanze, an diesem merkwürdigen Ort, fühlt sich kühl und feucht unter meinen Fingern an. Ich lasse meine Finger weiter über diese Pflanze wandern, während ich sie gleichzeitig betrachte. Leider habe ich keine Ahnung, was es für eine Pflanze ist.

»Kommst du?« Es ist die Stimme meines Bruders, die mich aus meiner Betrachtung reißt und zurück an diesen Ort bringt, mir der Wärme, der flackernden Kerze und all den anderen Dingen um mich herum gewahr werden lässt. Er klingt wirklich ungeduldig und ich frage mich, wie lange ich jetzt schon brauche, um diese Treppe hinunter zu gehen.

Ich wende meine Augen ab, zerstöre somit die sonderbare Verbindung, welche beim Anblick der Pflanze entstanden ist und die mich alles hat vergessen lassen und laufe die restlichen Stufen nun etwas schneller hinunter.

Mein Bruder steht am Fuß der Treppe und sieht mich erwartungsvoll an.

Der Schein unserer Kerzen taucht diesen Keller in wirklich mageres Licht und auch wenn sie

ihn nicht bis in die hinterste Ecke erhellen, schenken sie jedoch genug Licht, damit ich das Wesentliche erfassen kann.
An der linken Wand sehe ich ein großes Sofa in einem undefinierbaren Farbton. Es ist viel größer als unser ausgeblichenes blaues Sofa, das sich vor dem zersplitterten Fenster unseres Wohnzimmers befindet. Daneben steht ein kleiner Tisch, auf dem wartend eine in verblichenen Farben bemalte Vase steht und ein langes schwarzes Gerät liegt, wie ich es schon oft gesehen habe und von dem niemand weiß, wofür es ist. Über dem Sofa hängt eine nackte, bloße Glühbirne, die früher eine Möglichkeit war, um Licht in einem Raum zu haben, der keine Fenster besitzt oder zu einer Tageszeit, wenn der Mond den Himmel sein Eigen nennt, die aber heute keinen Sinn und Anwendung mehr hat.
Gegenüber dem Sofa mit der nicht erkennbaren Farbe hängt eines dieser Teile an der Wand: schwarz, glatt und geheimnisvoll, über deren Bedeutung ich mir leider nicht bewusst bin.
Doch was ich dann sehe, bringt für einen Moment meinen Atem zum Stocken, weil ich mir nicht sicher bin, ob es wahr ist, denn so etwas habe ich bisher nur selten gesehen.
In diesem Augenblick, in dem ich mich im Erd-

reich unter diesem Haus befinde, steht dort direkt neben dem seltsamen schwarzen und wenige Millimeter breitem flachen Gerät, ein hohes Regal an der Wand und in den obersten Fächern stapeln sich ***Bücher***. Es sind dicke Bücher, die wirken, als beinhalteten sie viel Wissen und auf einmal bin ich mir sicher zu verstehen, warum es meinem Bruder so wichtig war, mich hierher zu bringen.

Bücher – Papa hat mir und meinem Bruder einmal eines gezeigt. Ganz vorsichtig hat er in diesem kleinen und ganz dünnen Buch geblättert, als hätte er Angst, es könnte in seinen Händen zu Staub zerfallen oder einfach verschwinden, wenn man ihm zu lange Aufmerksamkeit widmet. Er hat uns damals erklärt, dieses Buch ist noch von seiner Ururgroßmutter und es ist ihnen in der Familie über Jahre gelungen, dass es überlebt, auch wenn damals für Bücher keine Notwendigkeit bestand, da man Informationen durch völlig andere Methoden erhielt. Als er uns das Eine damals zeigte, verstand ich seinen Wert nicht, da in diesem kleinen, winzigen Buch nichts Bedeutendes stand. Es war fast nur mit Bildern geschmückt, die vor Ewigkeiten von unbekannten und vergessenen Menschen gemacht wurden. Daneben standen in kleinen schwarzen Buchstaben, die immer gleich aussahen, Auflistungen von Lebensmitteln. Wenn man diese alle auftreiben könnte, was eine Sache der Unmöglichkeit ist, könnte man aus diesen ein besonderes Essen zubereiten, das ich aber nicht kenne.

Eine andere Erinnerung schiebt sich in meine Gedanken, verdrängt die vorhergehende.

Nachdem Papa uns damals dieses Buch gezeigt hat, waren mein Bruder und ich davon so begeistert gewesen, dass wir noch mehr von diesen Büchern finden mussten, da wir wissen wollten, was sich in diesen verborgen hielt, welche Geheimnisse und welche Erinnerungen die Seiten bargen. Also waren mein Bruder und ich durch die anderen Wohnungen unseres Hauses gelaufen und hatten uns dort umgesehen. Ich war meist vorsichtiger und zurückhaltender als er und schon bald hatte mich diese Neugier verlassen, da es in meinen Augen Wichtigeres zu erledigen gab. Aber mein Bruder war immer noch genauso aufgeregt wie am Anfang, wenn er ein neues Zimmer betrat.

Die Ausbeute war bescheiden. Es gab diese gewöhnlichen Sachen, welche überall vorhanden waren, wonach wir aber in diesem Moment nicht suchten: verlassene, leere und schweig-

same Zimmer; ausgeblichene, staubige Stoffe, Laken und Decken, die schon lange niemand mehr angerührt hatte; zersplitterte Fenster, die warmen Wind in das Innere ließen; Platten, auf denen man früher ohne große Mühe kochen konnte; jene seltsamen schwarzen Geräte, deren Bedeutung und Zweck nirgends erklärt war, selbst Papa hatte bei ihrem Anblick öfter die Stirn gerunzelt, denn alles wusste auch er nicht; es gab Geräte, die man aufklappen konnte und die auf der einen Seite wieder diese dünne schwarze Oberfläche präsentierten und auf der anderen Seite Buchstaben und andere seltsame Zeichen, die man nach unten drücken konnte. Doch das, was wir eigentlich suchten, fanden wir nur wenige Male. Mein Bruder und ich hatte die Worte der wenigen Bücher mehrmals im letzten Licht der Sonne, wenn Wärme und Kälte aufeinanderprallten, verschlungen. Und doch hatten wir nichts darin gefunden, was uns sonderlich weiterhelfen konnte.
Ein Geräusch lässt mich meine Gedanken beiseite schieben und wieder der Gegenwart gewahr werden.
Mein Bruder nimmt eines dieser Bücher aus dem Regal, hält es vorsichtig mit der einen Hand und streckt es mir dann entgegen. Wir

tauschen Buch und Kerze, sodass er schließlich in jeder Hand eine Kerze hält und ich in beiden das Buch. Es hat einen festen, dunklen Einband und noch während sein großes Gewicht auf meinen Händen lastet, hoffe ich, dass es dieses Mal etwas Besonderes ist. Auf den Seiten zwischen diesen geheimnisvollen Buchdeckeln muss etwas anderes verewigt sein als Kochrezepte, sonst hätte mein Bruder mich wohl kaum hierhergebracht.

Ich schlage es auf, langsam und mit Vorsicht, um es nicht irgendwie zu beschädigen und atme den staubigen, trockenen Geruch ein, der mir entgegenschlägt. Es ist nicht die erste Seite, die ich öffne, sondern eine beliebige Seite mitten im Buch blickt mir jetzt entgegen.

Worte, schwarz auf weiß, stehen dort vor mir und ich weiß jetzt, dass mir dieser Ausflug hierher mehr Vergessenes offenbaren wird, als ich je erwartet hätte.

Dachboden

Es ist staubig hier oben. Niemand hat sich seit Jahren hier umgesehen.
Sie müssen wissen, nach all der Zeit sind Sie der Erste. Und es ist so viel passiert, da scheint dies der einzige Ort zu sein, an dem man das Gesuchte finden kann. Abgesehen vom Keller natürlich.
Warum hier, fragen Sie?
Sie sind lustig. Sehen Sie sich hier doch einmal um, dann verstehen Sie. Hier war niemand mehr seit … gefühlten Ewigkeiten. Also ist doch so ein alter, staubiger, vollgestellter Dachboden das perfekte Versteck.
Kommen Sie, folgen Sie mir!
Es ist sicherlich in einer der großen Kisten dahinten.
Aber seien Sie vorsichtig – man weiß nie, was er für Fallen hier montiert hat.
Natürlich war das ein Witz. Ich muss schon sagen, Ihre Naivität gefällt mir. Es ist lustig, Sie so zu sehen. Als ob er einfach auf seinem Dachboden Fallen aufstellen würde. Aber man weiß nie, denn immerhin bestand ja trotzdem die Gefahr, dass jemand hochkommen könnte. Nein. Dieser Dachboden ist ein kleines Labyrinth, da braucht man Jahre, um etwas zu finden, wenn man ihn nicht kannte. Aber ich bin mir

sicher, dass er es dahinten versteckt hat.
Wir müssen also erst den gesamten Raum durchqueren. Und dabei kommen wir an hundert möglichen Versteckmöglichkeiten vorbei, aber ich bin mir sicher, dass er es dort versteckt hat.
Nun kommen Sie schon. Es gibt keinen Grund zu zögern.
Dass hier oben tödliche Fallen sind, war nur ein Scherz.
Ja, kommen Sie. Hier entlang.
Wissen Sie, ich glaube, die tödlichen Fallen hat er im Keller installiert, dort wo ihre Kollegin gerade sucht.

Fremd

Die Wohnungstür fiel hinter ihr ins Schloss. Krachend und laut. Bereits in der ersten Sekunde wusste sie, dass sie alleine war. Ihr Vater und seine Frau waren nicht da. Sicher waren sie noch einkaufen. Sie stellte ihre Tasche ab, zog sich Schuhe und Jacke aus und ging in die Küche. Dort nahm sie sich ein Glas aus dem Schrank, füllte es mit Wasser und trank.
Dabei betrachtete sie die gerahmten Fotos an der Wand. Ihr Vater und seine Neue. Arm in Arm, im Hintergrund glasklares Wasser. Auf dem nächsten Foto die beiden bei ihrer Hochzeit. Dann ein Bild ihrer Stiefmutter vor einem Sonnenuntergang, strahlend lächelnd.
Ihr Blick ging zu dem letzten Foto, sie und ihr Vater im Wald, eines der wenigen Bilder, das sie von sich selbst mochte, weil –
Sie erschrak.
Es war verschwunden.

Der Platz, an dem es immer hing, war leer. Und weder ein Nagel oder Loch in der Wand, noch ein Abdruck auf der weißen Tapete erinnerte daran, dass dort jahrelang dieses Foto gehangen hatte. Warum hatte es jemand abgenommen?

Sie wollte ihr Glas abstellen, verfehlte aber den Tisch und es zerbrach klirrend auf dem Boden. Hatte ihr Vater das Bild abgenommen? Oder war es die Idee ihrer Stiefmutter gewesen?
Aber auch das erschien ihr unsinnig. Ihre Stiefmutter hatte dieses Foto vor drei Jahren selbst aufgenommen und den Vorschlag gemacht es dort hinzuhängen, wieso sollte sie es dann einfach abnehmen?
Die Erkenntnis kam, kaum dass sie den Gedanken zu Ende gedacht hatte. Sie mussten das Bild einfach an einen anderen Platz gehangen haben, an dem es vielleicht besser zur Geltung kam. Bestimmt neben das Foto vom letzten Winter, als sie Alle voller Schnee waren und mit roten Wangen in die Kamera strahlten. Das hing in Vaters Arbeitsbereich im Wohnzimmer.
Sie hätte über sich selbst lachen können. Das war wieder so typisch für sie: anstatt logisch zu denken, sah sie immer und überall wilde Verschwörungen.
Als sie durch die Wohnung zum Wohnzimmer lief, spürte sie in ihrem Magen ein unruhiges, dumpfes Gefühl. Denn auch die anderen Fotos, die sie gemacht hatte oder auf denen sie zu sehen war, hingen nicht mehr an den Wänden.

Als hätte es diese nie gegeben. Sie waren einfach verschwunden.
Sie atmete tief durch. Etwas stimmte hier ganz und gar nicht.
Was war hier nur los?
Sie musste logisch und wohlüberlegt an die Sache herangehen, denn sonst würde sie zu keiner sinnvollen Antwort finden.
Ein Geräusch unterbrach ihre Gedanken. Ein Schlüssel drehte sich im Schloss und dann wurde die Wohnungstür geöffnet.
Sie wandte sich um und sah ihren Vater. Dessen gesenkter Blick fiel zuerst auf ihre Tasche und die Schuhe daneben. Er stutzte und hielt inne.
»Hallo Papa«, rief sie.
Ihr Vater hob den Kopf und sah sie an. In seinen Augen stand Verwirrung und tiefes Misstrauen, das sich auch in seine Stimme stahl, als er sprach: »Wer sind Sie und was machen Sie in meiner Wohnung?«

Wörter

Sie ist die Wörtersammlerin.
Sie hat eine ganze Kiste voller Wörter – alte, moderne, umgangssprachliche, gestelzte, verwünschende, charmante, komplizierte, einfache.
Wörter sind alles für sie.

Alles was sie weiß, hat sie aus Büchern gelernt.
Und dort geht es immer um Worte. Dort kann sie unterscheiden, was die Richtigen und was die Falschen sind.
Welche Wörter in einer Situation angemessen sind und welche nicht.
Dort ist sie daheim.
Dort versteht sie die Welt.

Was sie nicht versteht sind Menschen.
Und wie man mit ihnen redet.
Es ist schwer für sie. Weil es real ist, aktuell, unwiderrufbar. Man hat nur eine Chance. Man muss gleich die richtigen und passenden Worte finden, wählen und sagen.
Aber das kann sie nicht.
Woher weiß man, welche Worte angebracht sind? Woher weiß man, wann man schweigen soll, wann Beispiele bringen und wann von sich selbst erzählen?

Geschriebene Worte sind alles für sie.
Sie geben ihr Sicherheit. Daran kann sie sich festhalten, festklammern und überdauern.
Aber was ist, wenn Worte nicht alles sind?
Denn manchmal sind Worte nicht genug.
Denn manchmal gibt es keine Worte.

Nur Schweigen. Ohne Gedanken.
Sich verlieren. Loslassen.
Sich selbst hingeben. Fühlen.
Manchmal helfen keine Worte.
In manchen Situationen gibt es sie nicht.

Farben in Grau

Die Straße ist ein Sumpf aus grauer Farbe. Schnelle, hastige, hektische Leute drängen sich aneinander vorbei, ihre Blicke streng nach vorn gerichtet, während sie sich beeilen. Ihre Mienen sind starr und reglos, ihre Augen sind leer, auf ein fernes Ziel gerichtet. Sie sehen immer nur das, was sie sehen wollen oder ihnen zufällig ins Blickfeld huscht. Die Leute drücken und schieben, sie machen kleine und große Schritte, zwängen sich aneinander vorbei, überholen einander rasch und das, ohne groß etwas zu sehen. Sie laufen, eilen und rennen durch kleine Gassen, über große Straßen, schmale und breite Wege.

Die Leute sind grau, ihre Kleidung ist sich ähnlich, ihre Mienen sind gleich und alle sind sie ohne Farbe.

Lärm umgibt sie ständig. Dort ist ein drängendes Handyklingeln, hier ein aufdringliches Vibrieren in einer Jackentasche. Wenn sie fluchen, schimpfen, fordern, verbreiten sie noch mehr Lärm.

In größter Eile zwängen sie sich rasch aneinander vorbei, niemand hält inne und niemand läuft langsam, denn sie alle müssen rennen. Von einem Ort zu einem anderen tragen ihre Füße sie. Und die Zeit tickt. Unerbittlich tickt sie den grauen, lärmenden und hastenden Leuten davon.

Ein schiefer, unförmiger Ton durchbricht den Lärm, versucht das Grau zu zerfetzen, weil er sich nicht anpassen und davon verschluckt werden will. Doch der Ton ist nicht stark genug und geht gnadenlos unter.
Haben die Leute ihn gehört?
Nein. Sie kämpfen sich weiter durch ihre blasse Welt. Warum stehen bleiben, wenn man doch ein Ziel hat? Warum lauschen, wenn man doch keine Zeit hat?
Jemand schlägt eine Gitarrensaite an. Sie klingt durch das eintönige Chaos, die Hast, die Teilnahmslosigkeit.
Die Musik ist leise und sanft. Sie tanzt verlockend über die graue Straße, schiebt sich zwischen den Leuten hindurch. Und dann wird sie laut und wild und lädt zum Tanzen ein.
Ein Mann steht in einem Hauseingang, in den Händen eine Gitarre und ein offenes, freundliches Lächeln liegt auf seinen Lippen. Seine Finger bringen die Saiten seines Instrumentes zum Beben und entlocken diesem sanfte Töne.
Die Kleidung des Mannes leuchtet: Tupfer in unzähligen Farben, wie rot, grün und gelb, lassen ihn strahlen in einer farblosen Welt.
Im Rhythmus seiner Musik tanzt er leicht über das Kopfsteinpflaster.

Ein grauer Mensch wird von der Musik berührt und kommt aus seinem Takt. Er hält inne.
Die Musik fängt ihn ein, schickt ein Lächeln auf seine starren Gesichtszüge und erweicht sie.
Andere Leute stoßen gegen ihn und versuchen ihn zu umrunden. Aber er geht nicht weiter. Musik umhüllt ihn und langsam verfärbt sich seine Kleidung. Sie wird bunt, wie die des Gitarrenspielers, als er im Takt zu klatschen beginnt. Leise, vorsichtig wippt er mit einem Fuß zu den wilden Klängen.
Ein Teil seines Herzens wird entführt, von dem Mann mit seiner Gitarre gestohlen. Tief in seinem Inneren berührt ihn die Musik und bringt sein Innerstes zum Beben und Klingen.
Und die grauen Leute eilen, rennen, stoßen und drängen sich weiter. Doch dazwischen wiegt sich die Musik in ihrem eigenen Rhythmus.
Sie bringt Menschen zum Innehalten, zum Stehenbleiben, zum Lauschen und zum Lächeln.
Ein wenig Farbe verbreitet sich und malt die Welt an.
Doch allzu oft fehlt es den Menschen an Musik.

Danksagung

So ein Buch entsteht nicht ganz von alleine und daher gibt es auch eine Menge Menschen, denen ich für ihre Hilfe und Unterstützung an dieser Stelle danken möchte.
Zuerst einmal dem Proof Verlag, namentlich Maik Stock, Ramona Hoidn-Stock, Loreen Scheit und Claudia Conrad, ohne deren Hilfe meine Kurzgeschichten niemals in dieser Form vorliegen würden. Vielen Dank dafür, dass ihr euch entschieden habt, meine Geschichten zu veröffentlichen.
Nicht unerwähnt lassen möchte ich auch die Veranstalter der Schreibwettbewerbe, die vier Geschichten dieses Buches bereits in Anthologien zu ihren Wettbewerben abgedruckt haben und mich damit ermutigten, weiter zu schreiben. Diese sind: Federlesen Erfurt, Dichtungsring (Bonner Literaturpreis), Frankfurt Young Stories und der Schülerschreibwettbewerb der Stadt Rees (Tom Sawyer Preis).
Danken möchte ich auch Ingrid Annel und ihrer Schreibwerkstatt „Wörter Welten Werkstatt". Die Tipps zum besseren Schreiben, die ich dort mit ihrer Hilfe und durch die anderen Teilnehmer bekommen habe, haben mir sehr

weitergeholfen. Außerdem ist ein Teil der Geschichten auch während unserer Sitzungen entstanden, also Danke für die vielen Stunden WWW.
Auch möchte ich meinen Freunden Florian, Tine und Isa danken, dafür, dass ihr es immer wieder bereitwillig ertragt, euch meine verrückten Ideen anzuhören. Und vor allem danke an dich, Dominic, für deine ausführliche Kritik zu meinen Geschichten. Sollte das mit dem Lehramt nichts werden – Plan C ist immer noch eine gute Idee.
Mein größter Dank geht aber an meine Familie – die viel zu groß ist, um jeden Einzelnen namentlich zu erwähnen, wenn ich nicht den Rahmen des Buches sprengen will. Danke für eure Unterstützung und euren Glauben an mein wirres Geschreibsel. Aber vor allem dir, Mama, möchte ich danken für die vielen Stunden, die du dafür aufgewendet hast, meine Texte zu lesen, zu korrigieren (mir selbst den 100. Kommafehler aufzuzeigen und meine verworrenen Sätze zu entwirren) und dafür zu sorgen, dass daraus schließlich ein lesbarer Text wird. Ich bin noch immer der festen Überzeugung, dass du Lektorin hättest werden sollen. Also, vielen vielen Dank für deine Hilfe. Und auch danke

dafür, dass du (ungeplant) dazu beigetragen hast, dass meine Geschichten jetzt in diesem Buch stehen.
Zuletzt geht mein Dank noch an dich, lieben Lesenden. Danke, dass du dieses Buch gekauft und bis zum Schluss gelesen hast. Ich hoffe, es ist mir gelungen, dich mit meinen (doch sehr unterschiedlichen) Geschichten zu unterhalten, und auf eine Reise mitzunehmen.
Sollte dies der Fall sein, (oder auch nicht, was ich aber nicht hoffe) würde ich mich über Feedback freuen.

Vanessa Krypczyk

Über die Autorin

Vanessa Krypczyk selbst überliest diesen Teil meistens. Für interessierte Leser hat sie ihn aber trotzdem aufgeschrieben.
Sie ist 2001 geboren, lebt in Erfurt und neben dem Schreiben von Geschichten, studiert sie Geschichte und Archäologie.
Seit 2016 nimmt sie an verschiedenen Schreibwettbewerben teil, was dazu führte, dass einige ihrer Kurzgeschichten in Anthologien veröffentlicht wurden.
Dazu zählt unter anderem ihre Kurzgeschichte »Thomas«, die in »Identität 1142: 23 Quarantäne-Kurzkrimis«, herausgegeben von Sebastian Fitzek, erschien.